KIMMY REEVE

Single Bells: Ein Boss zum Verlieben

»Single Bells«-Reihe Band 1

Über die Autorin

Kimmy Reeve schreibt erotisch-düstere Geschichten. Schon als Kind begeisterte sie ihr Umfeld mit ausschweifender Fantasie. Damals war nur ihre Familie beeindruckt, seit einigen Jahren begeistert die Jüngste von vier Schwestern nun ihre stetig wachsende Leserschaft mit romantischen Thrillern, die sinnlich und spannend unter die Haut gehen.

Im Mai 2015 erschien ihr Debütroman »Back to Life – Verloren« und stürmte direkt die Charts. Die hohe Platzierung bestärkte die mittlerweile erfolgreiche Autorin in ihrem Entschluss, die berufliche Laufbahn in Rechtswissenschaften, Personalmanagement und Marketing an den berühmten Nagel zu hängen und das zu machen, was sie liebt: schreiben. Seither berührt Kimmy Reeve ihre LeserInnen mit dunkler Leidenschaft.

Bisher erschienen von Kimmy Reeve:

»Back to Life«-Reihe: Verloren, Gefunden, Gerettet, Befreit, Geliebt, Gebunden

»Dark Souls«-Reihe: Verfallen, Entfesselt, Berührt, Ersehnt, Erlöst

»Demons Hell MC«-Reihe: Devil

»Highschool Reunion – Liebe auf den zweiten Blick«

»Cinderella«-Reihe mit Allie Kinsley: San Francisco Love Story, Christmas Love Story

»The Black Tower«-Reihe: Gefährliche Sehnsucht, Erfüllte Sehnsucht

»Moments of Destiny – Begehren« mit Louisa Beele

»Single Bells«-Reihe mit Allie Kinsley, Aurelia Velten und Rose Bloom: Ein Boss zum Verlieben

Liebesroman

Single Bells

EIN BOSS ZUM VERLIEBEN

KIMMY REEVE

Single Bells: Ein Boss zum Verlieben
Deutsche Erstveröffentlichung Dezember 2019

www.facebook.com/Kimmy-Reeve
www.kimmyreeve.wix.com/kimmyreeve

Umschlagdesign und Buchsatz: Hippomonte Publishing e.K.
Umschlagmotive: Hintergrund © by malija, www.bigstockphoto.com (Stockfoto-ID: 280217302); Mann © by kiuikson, www.depositphotos.com (Stockfoto-ID: 184710120)
Illustrationen im Buchinnern: Weihnachtsglocken © by Clker-Free-Vector-Images, www.pixabay.com/photos/36241
Lektorat: Textwerkstatt
Korrektorat: SW Korrekturen e.U.

Kim Redlich
c/o All about authors
Jaqueline Lipski
Merveldtstr. 221F
45663 Recklinghausen

Dieser Roman wurde unter Berücksichtigung der neuen deutschen Rechtschreibung verfasst, lektoriert und korrigiert

Kapitel 1

BAILEY

Ich werde ihn kaltmachen. Langsam und qualvoll.

Mir fielen ganz viele Varianten ein, wie ich meinem Boss Schmerzen zufügen, ihn am besten loswerden konnte. Von Überfahren bis Aufhängen war alles dabei. Am liebsten würde ich ihm nachts – wenn er schlief – mit einer Flasche auf den Kopf schlagen, ihn in Folie einwickeln und anschließend in eine Tiefkühltruhe legen. Innerhalb von vierundzwanzig Stunden war ein menschlicher Körper eingefroren, das wusste ich aus einer Crime-Dokumentation. Daraufhin würde ich mit der Leiche zu *dem* See fahren, an dem mein Chef so gerne angelte, wo natürlich bereits ein Häcksler wartete. Liebevoll würde ich ihn durch den Schredder jagen und zu Fischfutter verarbeiten. Da der Körper gefroren war, würde es auch keine Sauerei geben.

Eine wunderbare Vorstellung.

Mutiere ich gerade zur Psychopathin? Vielleicht!

Zugegeben, Wesley Wright war ein überaus gut aussehender Mann, was er dummerweise ganz genau wusste. Wahrscheinlich brauchte er morgens länger im Bad als jede Frau. Wenn er im Büro auftauchte, sah er grundsätzlich aus, als käme er geradewegs von einem Fotoshooting für ein Modemagazin. Sein hellbraunes kurzes Haar war mit Gel modern nach hinten frisiert und die dunklen Augen wirkten geheimnisvoll; der im Fitnessstudio perfekt trainierte Körper strahlte bei seiner Größe von circa ein Meter fünfundachtzig Dominanz aus.

Montags bis donnerstags trug er einen Dreiteiler. Maßangefertigt, versteht sich. Freitags jedoch kam er bekleidet mit Jeans, Hemd und gelegentlich Sneakers. Warum dem so war, konnte ich nicht mit Gewissheit sagen.

Was ich jedoch wusste, war: was er wann aß, trank, welche Restaurants er besuchte, wer seine neueste Eroberung war … Um es auf den Punkt zu bringen: Dieser Kerl war für mich ein offenes Lexikon. Warum mir all das geläufig war? Weil ich nicht nur seine Assistentin, sondern seine leibeigene Sklavin war. Jedenfalls nahm er das an.

Mr. Wright – oder auch *Satan*, wie ich ihn im Geiste nannte – scheuchte mich nicht nur im Büro hin und her oder befahl mir, irgendwelche privaten Dinge für ihn zu erledigen, nein, er rief mich sogar nachts an. Eigentlich klingelte mein Telefon pausenlos, wenn ich mal nicht im Büro war. Urlaub? Privatleben? Was war das?

Aber egal, wie oft ich ihn erschießen, erschlagen oder erwürgen wollte, niemals würde ich die Flinte ins Korn werfen. Nein, dafür hatte ich zu lange durchgehalten, zu hart gearbeitet. Dieser Penner würde mich nicht kleinkriegen.

»Sollten Sie Fragen haben, können Sie mich im Fitnessstudio erreichen«, sagte er in seiner gewohnt arroganten Art und verließ das Büro.

Schnaubend wandte ich mich ab, stampfte auf meinen Arbeitsplatz zu und knallte die Unterschriftenmappe auf meinen Schreibtisch, bevor ich mich in den Sessel fallen ließ.

»So schlimm?«, fragte Daniel, der als Assistent für Mr. Caden Turner, den zweiten Geschäftsführer des Unternehmens, tätig war.

»Schlimmer«, meinte ich und ließ meinen Kopf in den Nacken fallen.

Caden und Wesley hatten sich vor fünf Jahren selbstständig gemacht. Da waren sie gerade mal vierundzwanzig gewesen. Sich in New York als junge und darüber hinaus unbekannte Architekten zu behaupten, war nicht ganz einfach, doch meine Bosse hatten es tatsächlich hinbekommen.

Mittlerweile gehörte ihr Unternehmen zu den führenden New Yorks, vor allem in der Welt der Reichen hatten sie sich breitgemacht. Und da die Geschäfte bestens liefen, erweiterten sie ihr Portfolio und boten zusätzlich die Gestaltung der Inneneinrichtung an.

Bevor ich bei ihnen anfing, hatte ich mich auf mehrere Praktikumsplätze für den Bereich Innenarchitektur beworben, erhielt sogar einige Zusagen; aber als ich die Stellenanzeige von *Wright & Turner* entdeckte, mit einem – für meine Verhältnisse – üppigen Gehalt, war das meine Chance, endlich den Job als Kellnerin im *Desaster* zu kündigen. Zwar fand ich den Club und die Arbeit super, vor allem der Inhaber, Jeffrey, war ein fantastischer Chef, nur leider war der Verdienst nicht sonderlich gut. Meine Rechnungen konnte ich jeden Monat bezahlen, nur für mich blieb nicht mehr besonders viel übrig, weshalb ich meine Bewerbung bei *Wright & Turner* einreichte.

Derzeit studierte ich im letzten Jahr an der *Columbia University* Innenarchitektur und war Mitglied in der Studentenverbindung *Amor Sorority*.

Na, jedenfalls wurde ich zu einem Vorstellungsgespräch eingeladen und eingestellt. Offensichtlich, immerhin saß ich hier.

Die ersten Monate waren echt toll, ich konnte das Praktikum sogar als Anerkennungsjahr angeben, was mich unglaublich glücklich machte. Mein Vorgesetzter, Mr. Turner, war ein feiner und fairer Boss, der darüber hinaus auch noch nett war. Meiner Meinung nach hatte er rein gar nichts mit *Satan* gemeinsam.

Doch nach einem halben Jahr kam Wesley Wright auf mich zu und verkündete, dass ich vorübergehend als seine persönliche Assistentin arbeiten sollte, da er seiner gekündigt hatte. Da ich den Job nicht verlieren wollte, stimmte ich widerwillig zu, denn ich mochte den Kerl von Beginn an nicht.

Seit nunmehr elf Monaten, fünf Tagen und drei Stunden arbeitete ich für diesen *Terroristen* als persönliche Assistentin. Und vor elf Monaten, fünf Tagen und zwei Stunden fing ich bereits an, ihn zu hassen. Er war ein Monster, ein Sklaventreiber, ein Chauvinist, ein Kerl mit einem viel zu ausgeprägten Ego und der größte Aufreißer, den

New York jemals zu sehen bekommen hatte. Letzteres war nur meine persönliche Ansicht. Mr. Wright repräsentierte alles, was ich an einem Mann verabscheute.

Und obwohl ich ihm am liebsten meine Kündigung in sein schönes Gesicht getackert hätte, musste ich mich zusammenreißen. Die Jobs wuchsen nicht auf Bäumen, und ich brauchte nicht nur dringend die Kohle, sondern auch die Bescheinigung für meine Uni, schließlich steckte ich mitten in den letzten Prüfungen. Und an meiner Bachelorarbeit saß ich auch noch. Außerdem war ich nie ein Mädchen, das aufgab.

Mochte sein, dass ich nur aus einer kleinen Stadt in Iowa stammte, doch ich war die Tochter meines Vaters, Mitchell Wilson. Eines knallharten Bauarbeiters, der viel im Leben bewältigen musste, aber niemals den Kopf in den Sand gesteckt hatte. Ich war ihm sehr ähnlich.

»Bailey?« Daniel holte mich aus meiner Trance. »Hast du gehört, was ich gesagt habe?«

»Sorry, ich war in Gedanken«, murmelte ich. »Was wolltest du?«

»Ich fragte, ob du jetzt Feierabend machst?«, erkundigte er sich.

»Nein, *Satan* hat mir noch eine Analyse aufs Auge gedrückt«, moserte ich. »Wie sieht es bei dir aus?«

»Turner hat sich vorgenommen, Überstunden zu machen«, antwortete mein Kollege und schnaubte. »Ich glaube, der hat Stress mit seiner Frau.«

»Wie kommst du darauf?«, hakte ich neugierig nach.

»Mrs. Turner hat heute mehrfach angerufen, aber ich durfte sie nicht durchstellen«, informierte Daniel mich.

»Dann würde ich sagen, mein lieber Freund, das wird für dich eine lange Nacht werden«, meinte ich und grinste. Jetzt durfte er auch mal die Schattenseiten eines Assistenten kennenlernen. *Willkommen in meiner Welt,* dachte ich. Im Gegensatz zu ihm wohnte ich praktisch schon in diesem Gebäude.

»Ich höre Sarkasmus aus deiner Stimme, Schwester«, erwiderte er.

»Glaub mir, Daniel, du hast es noch gut getroffen«, entgegnete ich. »Turner lässt dich an den Wochenenden in Ruhe und ruft dich nicht an, wenn du gerade unter der Dusche stehst, schläfst, isst oder auf einer Party bist.«

Wenn ich könnte, würde ich gerne mit Daniel den Job tauschen. Eine Woche für Mr. Turner zu arbeiten wäre für mich womöglich so was wie Urlaub.

»Leicht hast du es wirklich nicht, Kleines.« Daniel sah mich mitfühlend an, einiges hatte er schon hautnah mitbekommen, vor allem, wie herablassend *Satan* manches Mal mit mir umsprang. »Es ist acht Uhr an einem Freitagabend. Wright kommt heute eh nicht mehr rein. Nimm die Arbeit mit nach Hause und mach sie dort fertig. Du solltest mal wieder mit deinen Ladys feiern gehen.«

Sein Vorschlag hörte sich sehr gut an. Es war schon ewig her, seit ich das letzte Mal mit meinen Mädels unterwegs war. Dummerweise hatten meine drei besten Freundinnen derzeit genauso wenig Zeit zum Ausgehen wie ich.

Bald würden die Semesterferien beginnen, jedenfalls für mich, denn meine Klausurphase war ab Dienstag vorbei, das hieß, ab Mittwoch würde meine unifreie Zeit beginnen. Was meine Verbindungsschwestern im Einzelnen vorhatten, wusste ich nicht, darüber hatten wir uns noch nicht im Detail unterhalten. Das musste ich in Kürze unbedingt herausfinden.

Im Gegensatz zu einigen Kommilitonen würde ich nicht nach Hause zu meinem Dad fliegen. Egal, wie ich es drehte oder wendete, ich konnte mir das Flugticket einfach nicht leisten. Meinen Vater um Geld zu bitten, kam für mich nicht in Betracht, auch er hatte die Kohle nicht locker sitzen. Aus diesem Grund hatte ich ihm gestern in unserem Donnerstags-Telefonat-Date mitgeteilt, dass ich in New York bliebe, um mich auf meine Abschlussarbeiten zu konzentrieren. Natürlich war das nicht hundert Prozent gelogen, aber es war eben auch nicht die ganze Wahrheit. Ich hasste es zu schwindeln, vor allem, wenn es um meinen Dad ging. Doch ich wollte nicht, dass er sich Sorgen machte.

»Geht nicht«, gab ich schnaubend von mir. »Er will, dass ich das Exposé von Isabell Hautington noch fertigstelle, weil er es sich morgen früh ansehen will.«

»Hautington?« Daniel überlegte. »Ist das nicht die reiche Tochter von Oberguru Peter Hautington, die aussieht wie eine Barbie?« Zustimmend nickte ich und hob eine Augenbraue, um meinem Kollegen zu verstehen zu geben, warum genau Wright die Akte an einem Samstagmorgen haben wollte. »Ah«, sagte Daniel nur, »er will sie flachlegen.« Er war so scharfsinnig.

»So wie jede Frau, die in sein Beuteschema passt.« Ich schnaubte abermals und schüttelte mich, als würde ich mich ekeln. Vielleicht tat ich das auch ein wenig. »Ich schätze, er knallt sie, sobald er sich mit ihr wegen des Projektes in der Karibik trifft.« Ich konnte es kaum erwarten, dass Wesley für ein paar Tage verschwand. Für mich bedeutete das Erholung pur. Sollte ich eventuell für die Zeit Urlaub eintragen? Genügend Tage standen mir noch zur Verfügung. Darüber sollte ich unbedingt nächste Woche mit *Satan* sprechen.

»Das Projekt wird der Firma Millionen einbringen«, schwärmte Daniel, so wie er es immer tat, wenn wir größere Aufträge hereinbekamen. Er freute sich manchmal mehr als die Chefs selbst. Hin und wieder kam es mir so vor, als lebte mein Kollege für das Unternehmen.

»Kann schon sein«, antwortete ich. »Vor allem aber einen Gratisfick für Wesley.«

»Manchmal frage ich mich ernsthaft, wie er das macht?!« Mein Partner im Schmerz schien angestrengt nachzudenken.

»Was?«, erkundigte ich mich, weil ich keinen Schimmer hatte, wovon er sprach.

»Na, wie er ständig die ganzen Frauen abschleppt«, präzisierte er seine Äußerung. »Er betritt einen Raum und zack – hat er fünf Frauen an jeweils einem Finger. Ich habe schon Schwierigkeiten, *eine* kennenzulernen.«

»Was daran liegt, dass du nur zu Hause herumhängst und dich nicht unter die Leute mischst«, erinnerte ich ihn. »Man kann niemanden treffen, wenn man nur auf den Bildschirm seines Fernsehers starrt, Daniel. Aber bitte, tu mir einen Gefallen und nimm dir kein Beispiel an Wesley Wright. Das könnte ich nicht ertragen.« Das war die Untertreibung des Jahrhunderts, vermutlich würde ich Amok laufen. »Außerdem steht Dorothy auf dich«, teilte ich meinem Kollegen zum gefühlt tausendsten Mal mit. »Sie zieht dich mittlerweile mit den Augen aus. Du solltest sie endlich mal um ein Date bitten.«

Dorothy Shepard war in der Personalabteilung tätig. Sie war eine fünfundzwanzigjährige junge Frau mit langen blonden lockigen Haaren und blauen Augen. Zu meinem Erstaunen wurde jemand wie sie tatsächlich eingestellt, obwohl sie nicht über die Maße 90/60/90 verfügte. Sie war tough, sah super aus und hatte ein zauberhaftes Lächeln. Wenn wir uns begegneten, war sie immer top gestylt, nett und sympathisch. Vor mehreren Monaten bereits war mir aufgefallen, dass sie Daniel anschmachtete, nur bekam der Idiot davon leider nichts mit. Er war viel zu sehr damit beschäftigt, seinem Chef alles recht zu machen.

Daniel Hastings war ein netter und kollegialer Typ. Er lästerte kaum, ärgerte sich nicht, hörte mir aber zu, wenn ich mal wieder kurz davorstand, Wesley umzubringen. Ohne mich zu unterbrechen, ließ er mich fluchen, meckern und meinen Tobsuchtsanfall ausleben. Bislang hatte er mich nie verpfiffen, versuchte allerdings auch nicht, mich zu beruhigen. Gelegentlich bekam ich das Gefühl, dass er Angst vor mir hatte.

Jedenfalls war mein Kollege Ende zwanzig, circa ein Meter achtzig, nicht muskulös, dafür aber sehnig, sportlich, ein klassischer Fußballer eben. Hinzu kamen seine braunen Augen und das gleichfarbige kurze Haar. Im Großen und Ganzen war er ein gut aussehender Kerl, der auch noch richtig was auf dem Kasten hatte. Für mich war er ein Nerd, der keine Brille trug.

»Was hältst du von Pizza?«, erkundigte Daniel sich.

»Na, klar«, seufzte ich. »Leg noch gefüllte Pizzabrötchen drauf, ich gebe mir heute die volle Dröhnung. Und ich will eine extragroße mit doppelt Käse.«

»Wie kann man dermaßen viel essen wie du, dazu keinen Sport treiben und so eine wahnsinnig tolle Figur haben?« Diese Frage stellte er mir jedes Mal, wenn wir uns beim Lieferservice was bestellten.

»Sind die Gene, mein Freund«, antwortete ich wie immer und widmete mich dem Bildschirm. »Sag denen, die sollen per Express liefern. Ich habe Hunger.«

»Du hast immer Hunger«, korrigierte Daniel mich.

»Stimmt ja gar nicht«, widersprach ich trotzig.

»Stimmt ja wohl«, kam es ernst von meinem Kollegen, den ich von Tag zu Tag mehr in mein Herz schloss. Wenn ich ihn nicht manches Mal gehabt hätte, wäre ich wohl nicht mehr hier. Ja, ich war niemand, der aufgab, aber irgendwann war auch bei mir das Maß voll, und ich wusste, dass es nicht mehr lange dauerte, bis Wesley mich zum Explodieren brachte.

Kapitel 2

BAILEY

Wumms.

Mit einem Mal saß ich aufrecht und schaute mich verwirrt um. Einen kurzen Moment brauchte ich, um mich zu orientieren. Shit, ich war noch im Büro. Anscheinend war ich mit dem Kopf auf dem Schreibtisch eingeschlafen. Schnell entdeckte ich den Gegenstand, der dieses laute, grauenvolle Geräusch erzeugt hatte. Es handelte sich um eine Hardcover-Mappe. Mit verengten Augen schaute ich nach oben, wo kein Geringerer stand als Wesley Wright. Er hatte einfach dieses Scheißbuch auf meinen Tisch gedonnert, anstatt mich anzusprechen, wie es normale Menschen tun würden.

»Haben Sie die Analyse fertig?«, war das Einzige, was er wissen wollte. Er fixierte mich genervt, in seinem Gesicht stand das Wort *Loser* geschrieben.

Stillschweigend reichte ich ihm die geforderten Unterlagen, hielt dabei seinem Blick stand. Er nahm mir die Papiere ab und deutete mit dem Finger auf meine Lippen.

»Sie sollten sich den Sabber vom Mund wischen, das ist widerlich.« Angeekelt schüttelte er den Kopf, drehte sich um und marschierte geradewegs in sein Büro. »Ich hätte gerne einen Kaffee, Miss Wilson.«

Kurz schloss ich meine Augen, schnappte mir ein Taschentuch und entfernte die Spucke von meiner Haut.

Einatmen und wieder ausatmen, mahnte mich meine innere Stimme. Wie ein Mantra wiederholte ich die Worte in meinem Kopf immer und immer wieder, damit ich nicht über den Tisch sprang, in sein Zimmer stürmte, um ihn mit aller Kraft zu vermöbeln.

Verdient hätte er es allemal.

Mit müden Beinen erhob ich mich und begab mich zuerst auf die Toilette. Vorher nahm ich meine Kosmetiktasche aus der Schublade, in der sich Dinge wie Zahnbürste, Zahnpasta und anderes Zeug befand. Schließlich war mir das nicht zum ersten Mal passiert, dass ich im Büro übernachtet hatte.

Schnell machte ich mich frisch, wusch mein Gesicht und entfernte den alten Mascara vom Vortag. Auf neuen verzichtete ich, ich würde gleich sowieso nach Hause fahren und mich für den Rest des Tages ins Bett legen und schlafen. Und *Satan* sollte sich nicht einfallen lassen, mich zu kontaktieren. Dann würde ich mir – das schwor ich mir – eine Kanone besorgen und den Mistkerl abknallen.

Nachdem ich einigermaßen aussah wie ein Mensch, ging ich in die Küche, wo ich einen Kaffee für meinen Boss und mich zubereitete. In meinen schüttete ich mehrere Löffel Zucker, so, wie ich ihn am liebsten trank. Meine Freundin Pixie fragte mich dann gelegentlich, ob ich zu meinem Zucker auch einen Schluck Kaffee möchte. Manchmal war sie ungemein komisch.

Jetzt, wo ich an sie dachte, kamen mir auch Lea und Jamie in den Sinn. Wir vier waren die besten Freundinnen, wir hatten uns in der Verbindung kennengelernt und waren vom ersten Tag an unzertrennlich.

Penelope Wolf, auch Pixie genannt, war die Durchgeknallteste von uns. Innen wie außen. Ständig trug sie diese Nerd-Shirts, auf denen Star-Trek-Motive oder Superhelden abgebildet waren. In High Heels hatte ich sie noch nie gesehen, sie lief grundsätzlich in ihren Kampfstiefeln herum. Darüber hinaus hatte sie kurze lilafarbene Haare und war ein Zwerg. Wenn überhaupt war sie vielleicht ein Meter fünfzig. Pixie war eine bildhübsche, hochintelligente Frau, die im letzten Jahr ihres Physikstudiums war. Dieses Mädchen hatte einiges auf dem Kasten, das musste der Neid ihr lassen.

Dann gab es noch Lea Brown. Im Gegensatz zu Pixie war sie eher introvertiert. Um sich mit ihr zu unterhalten, musste man sie mehrfach ansprechen, damit sie auch reagierte, denn sie hing grundsätzlich ihren eigenen Gedanken nach. Genau wie Pixie studierte sie Physik, wobei ich davon überzeugt war, dass sie diesen Studiengang nicht freiwillig gewählt hatte, sondern vielmehr aus Liebe zu ihren Eltern, eben weil sie selbst Physiker waren. Details kannte ich nicht, und ob es sich so verhielt oder nicht, konnte ich ebenfalls nicht mit Bestimmtheit sagen. Es war meine persönliche Meinung, nicht nur einmal hatte ich sie tieftraurig irgendwo sitzen sehen. Leider sprach Lea nicht über ihre Familie, schon gar nicht darüber, was sie dachte. Allerdings zeichnete sie ständig. Malte sie nicht, versuchte sie die Welt beziehungsweise die menschliche Existenz zu ergründen. Wenn man mich fragte, sollte sie viel eher Philosophie studieren. Lea war eine Schönheit, die man schon von Weitem an ihren roten Haaren erkannte. Ihre Haut war schneeweiß, und wüsste ich es nicht besser, würde ich behaupten, dass diese aus Samt bestand.

Die Dritte im Bunde war Jamie Burn, auch Miss Ironie genannt. Irgendwie fehlte ihr manchmal die Ernsthaftigkeit und trotz ihrer großen Klappe spielte sie vieles mit Ironie herunter. Hinzu kam, dass sie gelegentlich auch etwas faul war, vor allem, wenn es um die Aufgaben im Verbindungshaus ging. Lange konnte man ihr aber nicht böse sein, denn wenn sie einen mit ihren grünen Augen anschaute, deren Farbe durch ihre langen schwarzen Haare noch intensiver leuchteten, wollte man sie eher in den Arm nehmen, als auszuschimpfen. Jamie war unsere Rockerlady, die auch in Rockerkreisen aufgewachsen war. Sie war nicht so laut wie Pixie, auch nicht so leise wie Lea, ebenso wenig war sie so eine Bulldogge wie ich. Sarkastisch, dickköpfig und impulsiv. Eine Dampflock war ein Scheißdreck gegen mich. Den Spitznamen hatte ich im Übrigen von Pixie erhalten, weil ich mir grundsätzlich nie etwas gefallen ließ.

Nun, ich arbeitete an mir.

»Wann fangen Ihre Semesterferien an, Miss Wilson?«, erkundigte *Satan* sich bei mir, als ich ihm seinen Kaffee auf den Tisch stellte. Gerade bedauerte ich es zutiefst, ihm kein Rattengift untergemischt zu haben.

»Am Mittwoch«, antwortete ich knapp. Höflichkeiten gab es zwischen uns nicht. Hatte es noch nie gegeben. »Darüber wollte ich sowieso mit Ihnen sprechen, Mr. Wright.«

»Das muss warten.« Sein Tonfall hätte nicht desinteressierter klingen können. »Ich habe zu tun.«

Wollte er mich verarschen?

»Kein Problem«, meinte ich und drehte mich um. »Am Montag lege ich Ihnen meinen Urlaubsantrag auf den Tisch. Ich wünsche Ihnen ein schönes Wochenende.«

Bevor er etwas erwidern konnte, verließ ich schnell den Raum, schloss hinter mir die Tür, schnappte mir Jacke und Tasche und rannte fast schon zum Treppenhaus, noch immer mit meiner Tasse voll Zucker in der Hand.

Mein Handy schaltete ich sofort aus. Das erste Mal, seit ich für ihn tätig war.

Der Mistkerl konnte mich doch mal!

»Sollen wir heute Abend ins *Desaster* gehen?« Pixie war wie immer ohne anzuklopfen in mein Zimmer gekommen.

Nach der Arbeit hatte ich genau das getan, was ich mir am Morgen im Büro vorgenommen hatte: Ich war direkt ins Bett gegangen. Das Handy hatte ich bislang ignoriert und auch nicht wieder eingeschaltet. Mit Sicherheit hatte *Satan* mir bereits mehrfach auf die Mailbox gequatscht, darauf würde ich mein Leben verwetten.

»Ich glaube, ich bin nicht in Stimmung für Party«, sagte ich und gähnte.

»Wie alt bist du?«, zog meine Freundin mich auf. »Neunzig?«

»Fast«, konterte ich.

»Lea und Jamie sind auch dabei«, klärte Pixie mich auf. »Krieg endlich deinen Hintern hoch, Bai. Das ist unser letzter Abend vor den Semesterferien.«

»Fährst du weg?«, wollte ich wissen.

»Nein, aber ich habe mich um den Tutorenjob beworben«, teilte sie mir mit. »Ich werde in den kommenden Wochen keine Zeit haben.«

»Was ist mit den anderen?« Fragen über Fragen und Pixie würde mich gleich an den Haaren aus dem Bett ziehen, weil ich ihr nur deshalb ein Gespräch aufdrängte, um nicht aufstehen zu müssen. Wenn mich jemand kannte, dann wohl Miss Star Trek.

»Lea wird wahrscheinlich nach Hause fahren, und was Jamie macht, weiß ich nicht.« Meine Freundin stemmte die Fäuste in die Hüften, jetzt musste ich mich entscheiden: entweder ich stand freiwillig auf oder es würde zu einer Rauferei kommen. Für Letzteres war ich eindeutig nicht fit genug.

»Freiwillig oder Zwang?« Ich hätte Wahrsagerin werden sollen.

»Ist ja schon gut«, murrte ich. »Wann wollt ihr los?«

»Gegen elf«, informierte sie mich. »Sieh zu, dass du pünktlich bist.«

»Ja, Mama«, scherzte ich. Wir schauten uns tief in die Augen, runzelten böse die Stirn und grinsten uns kurz darauf an, bevor Pixie das Zimmer verließ.

Schnaubend ließ ich mich zurück in die Kissen fallen und starrte die Decke an. Ich brauchte ganz dringend Urlaub.

Kapitel 3

WESLEY

»Ich brauche dringend Ablenkung«, ertönte die Stimme meines Freundes Ronan.

»Wovon?«, wollte ich wissen und grinste ihn an.

Die Musik im Club war gut, die Atmosphäre ausgelassen. Ich mochte das *Desaster*, hier verbrachte ich gerne meine freien Abende. Was mir aber am meisten gefiel, waren die Frauen. Es gab unzählige Schönheiten, die einfach nur darauf warteten, angesprochen zu werden.

»Ich bin seit über einer Woche wieder Single«, klärte Ronan mich auf. »Heißt, ich habe seit fast zehn Tagen keinen Sex mehr gehabt.«

»Das ist natürlich eine Ewigkeit«, scherzte Sebastian, ein anderer Kumpel.

Caden war dieses Mal nicht dabei, bei ihm hing der Haussegen schief. Warum, wusste ich nicht; mein Geschäftspartner und bester Freund sprach derzeit kaum. Mir war klar, dass sich das, was er und seine Frau Nicole derzeit durchmachten, wieder legen würde, das tat es immer. Schließlich waren sie seit der Highschool ein Paar und hatten direkt nach dem Studium geheiratet. Kurz darauf wurde Nicole mit Sloane schwanger. Zwei Jahre später erblickte dann Samuel das Licht der Welt. Für mich repräsentierten sie die Bilderbuchfamilie, wie man sie aus Liebesschnulzen kannte. Ich wusste, wovon ich sprach, meine Mutter hatte mich als Kind gezwungen, mir diese Filme zusammen mit ihr anzusehen. Noch heute litt ich unter diesem Kindheitstrauma.

Jedenfalls kannten Caden, Nicole und ich uns bereits seit der Grundschule, auch die beiden kleinen Scheißer waren zu einem Teil von mir geworden. Wie sollte es auch anders sein, schließlich war ich ihr Patenonkel.

Allerdings arbeitete Caden viel, war regelmäßig auf Geschäftsreisen und Nicole somit überwiegend allein. Um die beiden zu unterstützen, übernahm ich die meisten Auslandstermine; ich hatte weder Familie noch eine Frau, die zu

Hause auf mich wartete. Ich war ungebunden, nur für mich und die Firma verantwortlich.

Nichtsdestotrotz wollte ich mit Caden sprechen, sobald das Wochenende vorüber war; ich war der Meinung, dass er sich und seiner Familie einen Urlaub gönnen sollte. In den letzten fünf Jahren hatten wir kaum Zeit zum Luftholen gehabt, sondern waren damit beschäftigt gewesen, unsere Firma aufzubauen. Doch wir hatten es geschafft, unser Unternehmen florierte, wir erzielten unglaubliche Gewinne. Für Caden war der Punkt erreicht, sich zurückzuziehen. Er brauchte das, seine Lieben ebenso.

»Alter, ist das nicht deine Sekretärin?« Ich folgte Ronans Blick auf die Tanzfläche. Vier Frauen unterschiedlichen Aussehens mischten sich unter die Tanzenden. Sie stachen aus der Menge heraus, jede auf ihre eigene Weise. Die eine allein schon wegen ihrer lilafarbenen Haare, die andere hatte feuerrote, die dritte pechschwarze und an der vierten blieb ich hängen. Ich verengte meine Augen, sah genauer hin ... Tatsächlich, da war meine Assistentin. Jene Assistentin, die ich heute mehrfach versucht hatte, zu erreichen. Jene Assistentin, die nicht zurückgerufen, sondern mich ignoriert hatte. Keine Ahnung, wie viele Nachrichten ich ihr auf die Mailbox gesprochen hatte, nach der zehnten hatte ich aufgehört zu zählen.

Bailey Wilson war ein junges Mädchen im Alter von zweiundzwanzig Jahren. Laut Caden war sie gut und fügte sich schnell ein. Sie wusste, was sie tat, setzte ihre Aufgaben professionell um und war darüber hinaus ruhig. Dachte ich jedenfalls. Nur aus diesem Grund hatte ich sie vor einigen Monaten von ihrem Posten abgezogen, um mir im täglichen Geschäft zu assistieren. Natürlich nur vorübergehend, aber es war gar nicht so einfach, eine qualifizierte und gleichzeitig gut aussehende Mitarbeiterin auf dem Arbeitsmarkt zu finden. Nachdem ich jedoch feststellte, dass Bailey ihre neue Aufgabe ebenfalls mit Bravour meisterte, ließ ich mir mit der Suche nach einer neuen Assistentin Zeit, bis ich es ganz aufgab. Mir war klar, dass es ihr gegenüber nicht fair war; nur leider war ich nicht erfolgreich geworden, weil ich immer fair spielte. Das Leben war hart, die Geschäftswelt noch härter.

»Die Frau sieht im Büro ja schon immer zum Niederknien aus«, kam es auch schon von Sebastian, der sich beim Glotzen mit der Zunge über seine Lippe leckte. Der Penner war Feuer und Flamme für Miss Wilson. Von Beginn an. »Aber verflucht, Leute, sie ist einfach heiß.«

Bei genauerer Betrachtung musste ich meinem Kollegen zustimmen. Sicher, ich war nicht blind, Bailey war hübsch, keine Frage, doch genau hingesehen hatte ich nie. Erst jetzt nahm ich mir ein paar Minuten, um das nachzuholen, und musste feststellen, dass die Kleine wirklich eine Augenweide war. Ihre langen, dicken blonden Locken reichten ihr bis zum Hintern, der, wie ich zugeben musste, in der engen Jeans einfach zum Anbeißen aussah. Das erkannte ich sogar von hier oben. Fuck, ihre Figur war auch nicht von schlechten Eltern.

Nichtsdestotrotz war sie nicht mein Typ. Allein schon deswegen, weil sie für mich tätig war. Mit Kolleginnen beziehungsweise Mitarbeiterinnen fing ich grundsätzlich nichts an. Auch von Kundinnen oder potenziellen Kundinnen ließ ich die Finger.

»Gott, ich muss tanzen gehen«, kam es von Ronan und Sebastian unisono. »Diese Wilson beschert mir ständig einen Ständer. Ich muss mein Glück versuchen«, fügte Sebastian noch hinzu.

»Vergiss es.« Ich hielt ihn auf. »Sie arbeitet für mich. Ich will nicht kompromittiert werden, wenn sie dir eine reinhaut.« Dafür würde ich meine Hand ins Feuer legen, dass genau das passieren würde, jedenfalls schätzte ich sie so ein.

»Seit wann juckt es dich, ob du kompromittiert werden könntest?« Ronan sah mich verständnislos, gleichzeitig aber auch verwundert an.

»Wenn es um meine Mitarbeiter geht, schon immer«, gab ich ihm zu verstehen. »Baggere sie an, wenn sie nicht mehr für das Unternehmen arbeitet.«

»Wenn du so weitermachst, dauert das vielleicht auch nicht mehr ganz so lange.« Sebastian lachte auf.

»Die Arbeitswelt ist kein Zuckerschlecken«, meinte ich, ohne den Blick von Bailey zu nehmen, die sich – zugegeben – wie ein Vamp bewegte. Verdammt, tanzen konnte die Kleine. »Sie ist hart im Nehmen.«

»Ich glaube, sie wird dich irgendwann umbringen«, mischte sich nun Ronan ein. »Wenn ich sie wäre, würde ich das tun.«

Augenzwinkernd und diabolisch grinsend erhob er sich und machte sich gemeinsam mit Sebastian auf den Weg zur Tanzfläche. Ich blieb oben im VIP-Bereich sitzen und beobachtete weiter.

Mochte sein, dass mein Kumpel mit seiner Annahme nicht ganz unrecht hatte. Mit meinem Verhalten ihr gegenüber lag das durchaus im Bereich des Möglichen. Doch ich hatte weder die Zeit noch die Nerven, ihr den Hintern zu pudern. Ich bezahlte sie, dafür sollte sie Leistungen erbringen. Es interessierte mich nicht, ob sie mich mochte oder nicht. Sie machte, was ich verlangte, da gab es keine Diskussion. Natürlich war ich mir darüber im Klaren, dass ich nicht immer freundlich war, sie sehr forderte und vieles von ihr erwartete. Was unter anderem mit ihrer Art zu tun hatte, die sie regelmäßig an den Tag legte, wenn sie sich mit mir in einem Raum befand. Ich konnte es nicht ausstehen, wenn Menschen mich von oben herab behandelten, schon gar nicht, wenn es sich dabei um kleine Studentinnen handelte. Freunde würden wir sicherlich nicht werden, was für mich vollkommen in Ordnung war, schließlich hatte ich davon genügend.

Als Sebastian und Ronan bei der Frauen-Gruppe ankamen, hielt Bailey sofort in ihren Bewegungen inne und schaute sich hektisch um. Ein Grinsen konnte ich mir nicht verkneifen, ich wusste sofort, nach wem sie Ausschau hielt: nach mir.

Langsam stand ich auf und verließ den oberen Bereich, begab mich nach unten zum Rand der Tanzfläche. Nach wie vor suchte meine Assistentin den Saal ab, bis sie bei mir hängen blieb. Umgehend verengten sich ihre Lider. Da war sie wieder, diese ablehnende Haltung, die mich mehr nervte, als sie sollte.

Schnell wandte sie sich von mir ab, sagte etwas zu ihrer Freundin und schob sich durch die Menschenschar. Dabei entging mir nicht, wie die Kerle sie musterten.

Mit hocherhobenem Haupt verließ sie die Tanzfläche und marschierte geradewegs zur Bar. Warum auch immer, aber ich folgte ihr.

»Ein Whisky-Cola«, hörte ich sie mit dem Barkeeper sprechen.

»Machen Sie zwei«, mischte ich mich ein und lehnte mich seitlich an den Tresen, während Bailey starr auf den Clubmitarbeiter starrte. »Ist Ihr Handy kaputt?«, wollte ich direkt wissen.

Sie holte tief Luft, wandte sich mir zu und fixierte mich mit ihren tiefblauen Augen.

»Nein«, antwortete sie knapp.

»Seltsam«, meinte ich und musterte das Mädchen vor mir. »Ich erinnere mich, dass ich heute mehrmals versucht habe, Sie zu erreichen. Keine Reaktion Ihrerseits. Können Sie mir den Grund dafür nennen?«

»Das liegt wohl daran, dass ich es ausgeschaltet habe«, presste sie durch zusammengebissene Zähne hervor. »Schließlich haben wir Wochenende und ich wollte es gerne ungestört genießen.«

»Sonst können Sie das nicht?«, erkundigte ich mich weiter.

»Nein«, kam es abermals von ihr. »Und das wissen Sie genau.«

»Keine Ahnung, wovon Sie sprechen, Miss Wilson«, konterte ich und griff nach meinem

Getränk. Mehrmals hintereinander nippte ich daran, bevor ich Bailey wieder ansah. »Sind Sie nach einem Jahr in Ihrem Job bereits überfordert?«

Mir war bewusst, dass ich mich ihr gegenüber wie ein Arschloch verhielt, aber sie musste wissen, wer am längeren Hebel saß.

»Das bin ich ganz gewiss nicht«, zischte sie, besann sich aber sofort, indem sie erneut tief durchatmete. »Hören Sie, Mr. Wright.« Sie schaute mich so durchdringend an, als wollte sie in mir wie in einem offenen Buch lesen. Diese Vorstellung gefiel mir ganz und gar nicht. »Es ist Samstag, wir sind in einem tollen Club und müssen nichts weiter tun, als uns zu amüsieren. Am Montag bin ich wieder ganz Ihre Assistentin. Was halten Sie davon?«

Ich beugte mich zu ihr, kam ihr mit meinem Gesicht ganz nah. Ihre Augen weiteten sich, doch sie wich nicht zurück. Plötzlich visierte sie meinen Mund an, bevor sie mir wieder in die Augen sah. Auf einmal wirkte sie nervös, ihre Brust hob und senkte sich in einem schnellen Tempo. Es mochte sein, dass sie mich nicht ausstehen konnte, aber sie reagierte auf mich. Interessant!

»Wenn Sie Montag wieder meine Mitarbeiterin sind«, sagte ich und kam ihr noch etwas näher. Unsere Lippen waren nicht mehr weit voneinander entfernt. »Was sind Sie dann jetzt für mich?« Keine Ahnung, was ich hier gerade tat. Noch vor wenigen Augenblicken hatte ich meinen Kumpels gepredigt, nichts mit meiner Mitarbeiterin anzufangen, und was machte ich? Ich baggerte gerade meine Assistentin an.

Mehrfach hintereinander musste Bailey blinzeln, sie schien Schwierigkeiten mit ihren Stimmbändern zu haben. Immer wieder öffnete sie ihren Mund, schloss ihn dann aber. Bis sie sich augenscheinlich im Griff hatte.

»Einfach nur ein Mädchen in einem Club«, krächzte sie, betrachtete erneut meine Lippen, anschließend abermals meine Augen.

»Ich flirte gerne mit Frauen, die sich in einem Club aufhalten«, gab ich ihr zu verstehen. »Möchtest du das, Bailey?« Mir war bewusst, dass ich gerade einen großen Fehler beging, konnte jedoch nicht aufhören. Irgendwas hatte die Kleine an sich, was mich forderte. Nur was genau war es?

»Ich …« Bailey Wilson war komplett überfordert, das konnte jeder Blinde sehen. So kalt ließ ich sie nicht, wie sie wohl selbst annahm. Gut zu wissen! »Entschuldigen Sie, Mr. Wright, es ist spät, ich sollte mich wohl jetzt auf den Weg nach Hause machen.« Sie überging meine Äußerung mit belegter Stimme. »Ihnen wünsche ich noch einen schönen Abend.«

»Moment«, hielt ich sie auf, als sie dabei war, sich abzuwenden. »Wie kommen Sie nach Hause?«

»Zu Fuß?« Verwirrt musterte sie mich.

»Ich fahre Sie«, sagte ich. Es kam überhaupt nicht infrage, dass sie nachts allein durch die Straßen New Yorks lief.

»Sie ... Was?« Anscheinend war sie von meinem Vorschlag genauso überrascht wie ich selbst. Trotzdem würde ich nicht meine gute Schule vergessen. Das Mädchen war bei mir beschäftigt und nicht irgendeine wildfremde Person.

Aus meiner Hosentasche zog ich ein paar Dollar, legte sie dem Barkeeper auf den Tresen und drehte mich zu Bailey, die mich noch immer musterte, als sei ich ein Alien.

»Gehen wir«, befahl ich, schob mich an ihr vorbei und steuerte den Ausgang an.

»Mr. Wright«, rief Bailey hinter mir, weshalb ich stoppte und mich umdrehte. Langsam war ich genervt. Konnte sie nicht einfach tun, was ich sagte? War das wirklich so schwer?

»Miss Wilson«, ich überging ihren mahnenden Ton, »Sie werden nicht zu Fuß gehen.«

»Ich muss meinen Freundinnen noch Bescheid geben.« Sie suchte nach weiteren Ausreden. »Außerdem kann ich mir ein Taxi nehmen.« Wegen des letzten Satzes hob ich eine Augenbraue.

»Ihren Freundinnen können Sie eine WhatsApp schreiben«, schlug ich vor. »Und, Miss Wilson?« Ich beugte mich zu ihr, kam ihr wieder näher. »Haben Sie etwa Angst, mit mir ins Auto zu steigen?«

»Ganz bestimmt nicht.« Wenn mich meine Augen nicht täuschten, hatte sie soeben mit den Zähnen gefletscht.

»Sehr beruhigend«, meinte ich und deutete mit einer Hand in Richtung Ausgang. »Dann können wir ja jetzt los.«

Schnaubend schob die Kleine sich an mir vorbei. Kopfschüttelnd folgte ich ihr.

Kapitel 4

BAILEY

Was genau tat ich hier? Was zum Teufel tat er hier? Warum war ich gerade in seinen protzigen Benz gestiegen und ließ zu, dass *Satan* mich nach Hause brachte? Von dem Mann, den ich in den Häcksler stecken, den ich regelmäßig erwürgen und erschlagen wollte? Gerade war ich mit der gesamten Situation komplett überfordert, was bei mir eher selten vorkam.

Sein Verhalten war merkwürdig. Was interessierte es ihn überhaupt, ob ich zu Fuß ging oder nicht? Schließlich war er nicht für mich verantwortlich. Im Büro behandelte er mich wie das letzte Bakterium und plötzlich hatte er ein

Gewissen? Aus dem Kerl würde ich niemals schlau werden.

Schnell zog ich mein Handy aus der Hosentasche und schrieb Pixie eine Nachricht, damit sie sich keine Sorgen machte, weil ich urplötzlich verschwunden war. *Satan* erwähnte ich nicht.

»Anschnallen«, befahl der Mistkerl, nachdem ich mein Telefon wieder weggesteckt hatte. Seiner Bitte kam ich nach, wenn auch schnaubend.

»Wo kann ich Sie hinbringen?«

»Columbia University«, teilte ich ihm mit.

»Wohnheim?«, stellte er die nächste Frage.

»Nein«, sagte ich. »Amor Sorority.«

»Eine Verbindungsschwester«, meinte er und lenkte den Wagen in den Verkehr.

»Sieht so aus«, antwortete ich.

In Gedanken versunken schaute ich aus dem Fenster. War ich irre? Was sollte das hier?! Seit fast einem Jahr war ich für *Satan* tätig. In dieser Zeit hatten wir kein einziges privates Wort miteinander gewechselt. Bislang hatte er mich nur herumkommandiert, mich wie seine Leibeigene behandelt. Meistens schaute er mich nicht einmal an, als würde er sich vor mir ekeln. Was stimmte nicht mit diesem Kerl?

Während der Fahrt schwiegen wir. Irgendwie kam mir die Stille erdrückend vor, weshalb ich mir ans Herz fasste und ihn fragte: »Waren Sie auch in einer Verbindung?«

»Fratres in aeternum«, teilte Wesley mir mit, ohne den Blick von der Straße zu nehmen.

Brüder für ewige Zeiten. Plötzlich riss ich die Augen auf.

»Sie waren an der Columbia?«

»Ja«, antwortete er knapp. »Ich nahm an, dass Ihnen dieses Detail bekannt war.«

»Nein, ich hatte keine Ahnung«, murmelte ich.

Diese Verbindung war berühmt, jeder kannte sie. Die Kerle dort dachten, sie seien Götter, ein Geschenk an die Frauenwelt. Für mich gab es keine überheblicheren Individuen als diese arroganten Möchtegern-Snobs. Eigentlich hätte es mich nicht überraschen sollen, dass *Satan* genau dieser Bruderschaft angehörte. Bei dem Gedanken schnaubte ich abermals, leider nicht so leise, wie ich es vorgehabt hatte.

»Sie kennen die Verbindung?«, hakte Wesley nach.

»Jedermann kennt sie«, antwortete ich ihm wahrheitsgemäß und konnte den abschätzenden Unterton nicht verbergen.

»Sie halten nicht viel von ihr?«, erkundigte er sich weiter.

»Nicht wirklich.« Ich würde einen Teufel tun und lügen. Er durfte ruhig wissen, dass ich kein Fürsprecher dieser Bruderschaft war.

»Sollte mich nicht wundern«, hörte ich meinen Boss sagen, weshalb ich ihn mit hochgezogener Augenbraue von der Seite betrachtete.

»Was soll das bitte heißen?«

»Sie stellen sich über andere, nehmen an, Sie seien etwas Besseres«, knallte er mir auf einmal vor den Latz. Meine Augen wurden tellergroß. Wie bitte? »Deswegen können Sie niemanden ausstehen, der mehr Macht besitzt als Sie.« *Satan* zuckte mit den Schultern, als wäre das vollkommen natürlich. »Das ist mir an Ihnen schnell aufgefallen: Ihre Arroganz.«

»Meine was?«, krächzte ich. So hatte zuvor nie jemand mit mir gesprochen! Der hatte sie doch nicht mehr alle.

»Ihre Arroganz«, wiederholte der Penner auch noch.

»Ich bin überhaupt nicht arrogant«, verteidigte ich mich, wofür ich mir am liebsten direkt vor das Schienbein getreten hätte. Vor diesem Arsch musste ich mich ganz gewiss nicht rechtfertigen. Ich und arrogant ... der Mistkerl kannte mich überhaupt nicht. »Sie wissen rein gar nichts über mich. Ich glaube das einfach nicht! Wenn hier jemand vor Arroganz nur so strotzt, dann sind das ja wohl eindeutig Sie.« Eigentlich wollte ich das alles gar nicht sagen, immerhin war er mein Boss und ich auf den Job angewiesen. Dennoch brauchte ich mir auch nicht alles gefallen zu lassen. Im Prinzip ließ ich mir rein gar nichts bieten. Das war es ja, was mich des Öfteren in Schwierigkeiten brachte.

An einer roten Ampel schnallte ich mich ab und öffnete die Beifahrertür. Es reichte, ich musste unbedingt hier raus. Erstens: Ich hatte nicht vor, mir mehr von dem Mist anzuhören, und zweitens: Ich wollte nicht noch mehr sagen und damit meinen Job gefährden. Es war ein Fehler, ein riesengroßer Fehler gewesen, in sein Auto zu steigen.

»Ich wünsche Ihnen noch einen schönen Abend, Mr. Wright«, sagte ich, bevor ich den Benz verließ und die Tür hinter mir zuschlug. Der Wind peitschte mir ins Gesicht, sofort schloss ich meine Jacke und verschränkte die Arme vor der Brust.

Verdammt, war das kalt.

Ich machte mich auf den Weg in Richtung Verbindung, schaute mich um, ob ich vielleicht ein Taxi ausmachen konnte, doch leider sah ich keines. Fuck, zu Hause würde ich wahrscheinlich ein Eisklotz sein.

Mein Handy.

Ich griff in meine Hosentasche, wollte gerade mein Smartphone herausziehen, als ich am Oberarm gepackt und herumgewirbelt wurde.

Vor mir stand kein anderer als mein Chef Wesley Wright, und er sah alles andere als glücklich aus.

»Sie sind nicht nur arrogant«, fing er an, »sondern auch trotzig und nicht kritikfähig. Jetzt steigen Sie wieder in den Wagen, in Ihrem Outfit holen Sie sich noch den Tod.«

»Ich bin weder arrogant noch trotzig und mit Kritik kann ich sehr wohl umgehen«, murrte ich. »Nur gebe ich Ihnen nicht das Recht, so mit mir zu sprechen. Das tun Sie schon zur Genüge im Büro. An meinen Wochenenden brauche ich das nicht auch noch.«

»Sind Sie ein wenig sensibel, Bailey?« Sein Blick wirkte belustigt, als wollte er mich einfach nur bis aufs Blut reizen. Was zum Teufel wollte er eigentlich von mir?

»Nein, das bin ich ganz und gar nicht«, giftete ich ihn an.

»Was sind Sie dann?« Seine Stimme war ruhig, fast flüsternd. Mit seinem Gesicht kam er meinem näher, so, wie er es vorhin im Club bereits getan hatte.

Atemlos betrachtete ich seinen Mund, konnte kaum aufhören, auf seine perfekten Lippen zu starren. Mit all meiner Kraft schaffte ich es aber doch und schaute in seine dunklen Iriden. Mein Herz schlug wild in meiner Brust, hämmerte förmlich, als würde es gleich herausspringen. Wesleys Griff um meinen Oberarm verstärkte sich, unsere Blicke wurden noch intensiver.

»Ich …« … konnte nicht auf seine Frage antworten, meine Stimmbänder wollten mir nicht gehorchen, hatten ihre Arbeit eingestellt. Warum fühlte ich mich so seltsam?

»Fuck«, knurrte *Satan* plötzlich und in der nächsten Sekunde landeten seine Lippen auf meinen.

Durch den Schock versuchte ich, nach Luft zu schnappen, dadurch öffnete ich meinen Mund, was Wesley als Willkommenseinladung ansah, denn seine warme Zunge tauchte hinein, berührte meine. Es dauerte einige Sekunden, bis ich begriff, was wir hier taten, weshalb ich meine Hand auf seine steinharte Brust legte und ihn zurückschob.

Außer Atem betrachteten wir uns, noch immer hielt er meinen Arm fest. Wesleys Augen glitzerten. Vor Verlangen? Durchaus möglich.

Zwischen meinen Beinen fing es zu pochen an. Abermals musterte ich seine Lippen, versuchte mit aller Gewalt, einen Schritt zurückzumachen, doch meine Beine schienen meine Befehle ebenfalls zu ignorieren. Mein Gehirn war leer gefegt, mein Blick wanderte von seinem Mund hoch zu seinen Augen und wieder zurück.

Scheiß drauf!

Ich stellte mich auf die Zehenspitzen, griff nach dem Schalkragen seines Jacketts, und dieses Mal war ich es, die ihn küsste. Sekunden später ließ Wesley mich los, legte seine Hand an meinen Hinterkopf und seinen Arm um meine Taille, mit dem er mich näher zu sich zog. Unsere Oberkörper aneinandergepresst, küssten wir uns, als gäbe es keinen Morgen. Es war kein liebevoller Kuss, sondern es war ein Kampf, den keiner verlieren wollte.

Plötzlich spürte ich etwas Kaltes und Hartes im Rücken, es fühlte sich an wie eine Mauer. Kurz darauf wurde ich hochgehoben, meine Beine schlangen sich ganz von allein um Wesleys Hüften. Meine Mitte pulsierte, verlangte Erlösung, gierte förmlich danach. Als ich Wesleys Härte spürte, keuchte ich auf.

Wir lösten uns voneinander, schauten uns an, atmeten hektisch. Es dauerte einen Moment, bis wir uns erneut wild küssten. Ich wollte mehr, brauchte mehr.

Wie eine Geisteskranke griff ich zwischen uns, versuchte, seinen Gürtel zu lösen, anschließend den Knopf seiner Jeans und den Reißverschluss.

Als ich in seine Shorts griff und diese angenehme Wärme spürte, seinen Schwanz kurz streichelte, wurde ich so schnell heruntergelassen, dass ich fast zur Seite kippte.

Mehrmals hintereinander musste ich blinzeln, bis der Nebel der Begierde vor meinen Augen verschwunden war. Erst dann erkannte ich, dass Wesley Abstand zwischen uns gebracht hatte. Er schloss seine Hose, dabei ließ er mich nicht für einen Moment aus den Augen.

»Wir sollten weiterfahren«, war alles, was er zu sagen hatte, woraufhin er sich abwandte und zu seinem Auto marschierte.

Vollkommen perplex richtete ich meine Jacke und folgte ihm. Dem Mann, der mich gerade um den Verstand geküsst hatte ... Dem Mann, der mich etwas hatte spüren lassen, was mir gänzlich neu war ... Dem Mann, der mich von sich gestoßen hatte und mir damit klar zu verstehen gab, dass ich seiner nicht würdig war.

Wie in Trance stieg ich abermals in den Benz, schnallte mich an und hatte Schwierigkeiten, meine Gefühle zu sortieren. Ich begriff einfach nicht, was da vor wenigen Minuten geschehen war. Soeben noch hatte ich ihn gehasst, dann geküsst.

Mir wurde gerade schlagartig klar, dass es zum Äußersten gekommen wäre, hätte Wesley mich nicht aufgehalten. Hier musste ich ganz klar zugeben, dass ich es war, die es vorangetrieben hatte.

O. Mein. Gott! Was hatte ich getan? Hatte ich jetzt komplett den Verstand verloren?

Am liebsten hätte ich meine Stirn mehrmals hintereinander auf das Armaturenbrett gedonnert, bis ich wieder normal denken konnte.

Wesley Wright war ein Womanizer, ein Aufreißer, er ließ kaum eine Gelegenheit verstreichen. Jedenfalls hatte ich so etwas noch nie mitbekommen. Was das betraf, konnte ich durchaus mitreden, schließlich landeten Unmengen von Barquittungen sowie Restaurant- und Hotelrechnungen auf meinem Tisch für die Reisekostenabrechnungen. Und in seinem Kalender – auf den ich Zugriff hatte – notierte er sich seine Dates ebenfalls.

Trotz des ganzen Wissens, wie dieser Kerl tickte, hatte ich mich in seinen Bann ziehen lassen. Das durfte niemals wieder passieren. Niemals!

Eines jedoch musste ich gestehen: Wesley hatte die Sache mit mir nicht zu Ende geführt, sondern unsere Gier unterbrochen. Dieses Wissen nagte ein wenig an meinem Ego, denn ich fragte mich allen Ernstes, ob es wohl an mir lag, dass er mich nicht wollte?! Prinzipiell sollte es mir scheißegal, ich ihm eher dankbar sein, dass er die Situation beendet hatte. Dummerweise war es mir das aber nicht und genau dieser Umstand störte mich gewaltig.

Kapitel 5

WESLEY

Vor ihrer Verbindung hielt ich an. Während der restlichen Fahrt hatten wir kein Wort mehr gesprochen; was wohl auch besser war, ich musste erst einmal auf die Reihe bekommen, was da vorhin passiert war. Wie die Tiere waren wir übereinander hergefallen, obwohl wir eigentlich gestritten hatten.

Die Kleine nervte mich in einer Tour, reizte mich, und auch wenn mir ihre Art gegen den Strich ging, so hatten ihre Lippen so laut nach mir geschrien, dass ich dem Ruf folgen *musste*. Ansonsten wäre ich womöglich durchgedreht. Irgendetwas löste das Mädchen in mir aus, was ich mir nicht erklären konnte, es vielleicht auch nicht wollte.

»Danke«, hörte ich Bailey sagen und beobachtete sie dabei, wie sie die Tür öffnete und dabei war, auszusteigen.

»Das, was da zwischen uns geschehen ist«, fing ich an, ich wollte nicht, dass es zu Missverständnissen kam. »Das war ein Fehler. Ein Moment des Kontrollverlustes. Ich möchte Sie bitten, die Angelegenheit diskret zu behandeln, ich werde es ebenfalls entsprechend halten. Wir sollten professionell damit umgehen.«

Bailey wandte mir ihr Gesicht zu, die Augen verengten sich. Anscheinend schmeckte ihr nicht, was ich da gesagt hatte. Allerdings war mir das egal. Was ich unter gar keinen Umständen wollte, war, dass sie auf dem Campus herumlief und allen erzählte, sie hätte sich Wesley Wright geangelt. Wenn das die falschen Personen erfuhren, könnte das geschäftlich einen enormen Schaden bedeuten. Das konnten wir uns nicht leisten.

»Was glauben Sie?«, fauchte Bailey auf einmal. »Dass ich all meinen Freunden darüber Bericht erstatten werde? Denken Sie, ich bin geistesgestört?« Da ich annahm, es handelte sich um eine rhetorische Frage, ging ich nicht darauf ein. Schließlich konnte man den Leuten nur vor den Kopf schauen. »Machen Sie sich keine Sorgen, Sir, das wird unser kleines schmutziges Geheimnis bleiben. An der Uni habe ich einen guten Ruf, den möchte ich nicht zerstören, indem jeder erfährt, dass ich mit dem größten Aufreißer New Yorks rumgeknutscht habe.«

Ohne auf meine Antwort zu warten, stieg sie aus und knallte mit Wucht die Tür hinter sich zu.

Größten Aufreißer New Yorks?

Ihren Ruf zerstören?

Die Kleine war lebensmüde. Was glaubte sie eigentlich, wer sie war?

Wutentbrannt trat ich auf das Gaspedal und raste in Richtung Heimat. Kurzerhand entschied ich mich jedoch, in die Firma zu fahren.

Dort angekommen, parkte ich mein Auto in der Tiefgarage und ließ mich anschließend vom Aufzug in die entsprechende Etage bringen. Als ich die Räumlichkeiten betrat, machte ich das Licht im hinteren Bereich aus. Mein Blick glitt zu meiner Armbanduhr. Es war halb drei in der Früh.

Weshalb brannte in Cadens Büro noch Licht? Vielleicht hatte er nur vergessen, es zu löschen, weshalb ich mich auf den Weg machte, um das zu erledigen. Als ich den Raum betrat, machte ich meinen besten Freund aus, der hinter seinem Schreibtisch saß und hochkonzentriert in einer Akte las.

»Warum bist du noch hier?«, erkundigte ich mich und nahm auf einem der Stühle ihm gegenüber Platz.

»Hab zu tun«, sagte er genervt. »Und du? Warst du nicht mit den Jungs im *Desaster* verabredet?«

»Da war ich auch«, teilte ich ihm mit, ohne ihn aus den Augen zu lassen.

»Keine abbekommen?«, wollte er wissen.

»Doch«, gab ich ihm zu verstehen, ebenfalls mit stetig genervtem Unterton. »Aber hat sich als Fehler herausgestellt.«

Der Satz fühlte sich wie Säure auf meiner Zunge an. Rein beruflich war es auf jeden Fall ein Fehler gewesen, Bailey zu küssen, sie zu wollen, wenn auch nur für eine Nacht. Zu mehr war ich nicht bereit, mehr interessierte mich nicht.

»Bevor du mich noch weiter mit unwichtigen Fragen löcherst«, fing ich an. »Erzähl mir lieber, was zwischen dir und Nicole vorgefallen ist.«

Mit Wucht warf mein Freund seinen Kugelschreiber auf den Tisch, griff sich in seine schwarzen kurzen Haare und lehnte sich zurück in den Sessel, verschränkte seine Hände hinter dem Kopf und fixierte mich mit seinen grünen Augen.

»Ich bin ein Arschloch«, meinte er. Mit einem Nicken deutete ich ihm, er möge weitersprechen. Schließlich war das keine Neuigkeit für mich. »Wir waren einkaufen, und wir haben einen jungen Kerl getroffen, den sie zur Begrüßung in den Arm genommen hat. Sie unterhielten sich, lachten, als würden sie sich schon ewig kennen. Ich stand daneben wie ein Trottel. Glaub ja nicht, sie hätte mich vorgestellt, das tat sie erst, als ich mich bemerkbar machte. Marcus, ihr Fitnesstrainer. Wahrscheinlich modelt er nebenbei, der Penner. Na, jedenfalls ging meine Laune gegen null, auch noch, als wir zu Hause ankamen. Warum auch immer, ich habe dann einen Streit vom Zaun gebrochen, ein Wort ergab das andere und ich Idiot habe ihr vorgeworfen, mit diesem Wichser ins Bett zu gehen, während ich mir den Arsch für die Familie aufreiße. Daraufhin hat sie mir so einiges an den Kopf geknallt, unter anderem, dass ich sie nur aus Mitleid geheiratet hätte, weil sie schwanger war, und dass sie mittlerweile annehme, ich hätte sie nie wirklich geliebt. Ich sei mit der Firma verheiratet, würde nur so viel arbeiten, um nicht bei ihr und den Kindern sein zu müssen. Daraufhin habe ich das Haus verlassen und seitdem schlafe ich hier auf meiner Couch. Ende der Geschichte.«

Das war alles doch etwas schlimmer, als ich vermutet hatte.

»Ich nehme an, du hast dich bislang nicht bei ihr gemeldet?« Caden schüttelte den Kopf. Natürlich nicht. Stolzer Penner. »Und ich gehe davon aus, dass du Nicoles Anrufe ebenfalls ignorierst?« Er nickte.

Idiot!

Ich kannte ihn eindeutig zu gut.

»Das geht nicht, Alter«, meinte er seufzend, löste seine Hände vom Kopf und beugte sich vor. »Vielleicht war dieser Knall nötig. Ich bin seit Ewigkeiten mit Nicole zusammen, wir beide hatten niemals auch nur den Hauch einer Chance, Erfahrungen mit anderen zu sammeln. Wir kennen nur uns. Ob im Bett, im wahren Leben, in der Zweisamkeit. Es könnte doch sein, dass sie nicht ganz unrecht hat?! Eventuell haben wir damals alles zu vorschnell entschieden, nur um das Richtige zu tun.«

»Willst du dazu meine Meinung hören?«, fragte ich ruhig. Caden nickte, was sein Glück war, denn ich war gerade alles, nur nicht ruhig. »Du bist ein riesengroßes Arschloch«, fing ich direkt an. »Nicole ist das Beste, was dir jemals passieren konnte. Sie ist nicht nur schön, sondern trägt das Herz auch noch am rechten Fleck. Erinnere dich daran, dass es für dich nur diese eine Frau gab, andere Weiber haben für dich niemals existiert. Und jetzt willst du mir erzählen, dass das alles ein Trugschluss war? Drehst du jetzt komplett durch? Für mich seid ihr das Bild einer perfekten Familie, und nur weil deine Frau dir mal die Meinung gesagt hat, weil du sie der Untreue bezichtigt hast, nimmst du an, dass alles, was ihr beiden euch aufgebaut habt, scheiße ist?« Ich hatte einen richtigen Lauf, und wenn ich könnte, wie ich wollte, würde ich Caden gerne mit geballter Ladung ins Gesicht schlagen. »Du solltest ganz schnell nachdenken, Caden. Eine Frau wie Nicole wird den Mist nicht lange mit sich machen lassen. Erinnere dich daran, was sie dir damals bedeutet hat, was sie dir heute noch bedeutet. Sollte dir das wieder einfallen, kaufst du den größten Blumenstrauß, den du bekommen kannst, und kriechst vor ihr zu Kreuze. Sobald ihr euch versöhnt habt, nimmst du dir Urlaub, und zwar einige Wochen, und fährst mit deiner Familie weg. Schaff sie in die Sonne, an den Strand, wohin auch immer.« Ich stand auf und zeigte mit dem Finger auf ihn. »Ich will dich hier eine ganze Weile nicht mehr sehen.«

Damit drehte ich mich um und wollte schon das Büro verlassen, als ich ihn meinen Namen rufen hörte. Ich wandte mich ihm noch mal zu.

»Danke, Alter«, murmelte er.

»Brüder auf ewig«, sagte ich unseren Verbindungsspruch, nickte und begab mich in meinen Raum, der sich einige Türen weiter befand. Dort setzte ich mich auf meinen Sessel, lehnte den Kopf zurück an das Polster und schloss meine Augen.

Verbindung!

Auch wenn ich es nicht wollte, so sah ich plötzlich Bailey vor mir stehen sowie ihre vom Küssen geschwollenen Lippen. Wie aus dem Nichts konnte ich sie förmlich schmecken, riechen und fühlen. Wie sie ihre üppige Brust an meinen Oberkörper schmiegte, spürte, wie sie sich mit ihren kleinen Händen an mir festkrallte.

Mein Schwanz zuckte.

Umgehend öffnete ich die Lider, verengte sie und rief mich zur Räson. Es war ein Fehler gewesen, sie zu küssen. Ein noch größerer, mich von ihr küssen zu lassen. Überhaupt war es ein FEHLER gewesen, ihr anzubieten, sie nach Hause zu bringen. Verdammt, sie hätte gar nicht erst im *Desaster* auftauchen dürfen.

»Fuck«, murmelte ich und schnappte mir eine Akte, die ich direkt vor mich auf den Tisch knallte, öffnete den Deckel mit Schwung, schnappte mir einen Kugelschreiber, den ich immer wieder drückte, als trage er die Schuld an allem Übel.

Irgendwie musste ich es schaffen, Bailey und das, was sie mich spüren ließ, zu vergessen. Es hatte nichts zu bedeuten … sie bedeutete mir nichts. Bailey Wilson war meine Assistentin, nicht mehr und nicht weniger. Zukünftig würden wir uns wieder aus dem Weg gehen, genau so, wie wir es bislang getan hatten. Wenn ich schlau wäre, sollte ich mir dringend eine neue Mitarbeiterin suchen und Miss Wilson zurück in den Bereich Innenarchitektur schicken. Arbeitete sie dort, würden wir uns kaum mehr über den Weg laufen.

Das war eine grandiose Idee.

In diesem Moment nahm ich mir vor, eine Anzeige zu schalten, sobald ich aus der Karibik zurück war.

Damit wären meine Probleme auf einen Schlag Geschichte. Jedenfalls nahm ich das an!

Shit.

Kapitel 6

BAILEY

Montagmorgen, und ich hatte überhaupt kein Bedürfnis, ins Büro zu fahren. Vielmehr wünschte ich mir, es wäre bereits Mittwoch, Wesley in der Karibik und ich im Urlaub. Die Zeit hätte ich genutzt, um neue Mordpläne zu schmieden. Irgendetwas musste ich mir jedenfalls einfallen lassen.

Zwar hatte ich nicht vor, den Job zu kündigen, dennoch nahm ich mir vor, alsbald mit *Satan* das Gespräch zu suchen. Er sollte endlich einen Ersatz für mich finden. Nach dem, was am Samstag zwischen uns geschehen war, brauchte ich Abstand zu ihm, wenn möglich meilenweit. Am besten wäre es, wir würden uns nie wieder über den Weg laufen. Verdammt, ich wollte einfach nur zurück in meinen Bereich, in die Abteilung, für die ich ursprünglich eingestellt worden war. Dieses Mal würde ich nicht nachgeben, würde ihn zwingen, eine neue Assistentin zu finden. Fest entschlossen nickte ich in den leeren Raum und nippte abermals an meinem Kaffee.

»Guten Morgen«, begrüßte Jamie mich, die völlig verschlafen die Küche betrat. »Wieso bist du denn schon so früh wach?«

»Weil ich im Büro bin, wenn ich keine Vorlesungen habe?«, sagte ich sarkastisch und grinste meine Freundin an, die sich ebenfalls Kaffee in eine Tasse schüttete. Gähnend nahm sie mir gegenüber Platz. »Warst du heute Nacht arbeiten?«

»Ja, es war viel los, also bin ich eingesprungen«, teilte sie mir mit. »Wie läuft es bei dir im Büro? Spielst du immer noch Sekretärin?«

»Jepp.« Ich seufzte. »Aber ich habe mir gerade fest vorgenommen, meinem Boss zu sagen, dass es reicht und er einen Ersatz für mich finden soll. Ich will endlich wieder für Caden tätig sein.«

»Irgendwie glaube ich nicht, dass *Satan* auf deine Forderung eingehen wird.« Jamie zerstörte meine Illusion. Manchmal konnte ich sie nicht leiden. »Vielleicht solltest du mit dem anderen Chef des Hauses sprechen. Diesem Caden. Könnte ja sein, dass er dir hilft.«

»Jamie, darf ich dich etwas fragen?«, wechselte ich das Thema, mir brannte ganz schrecklich etwas auf der Brust.

»Klar«, erwiderte sie.

»Findest du mich arrogant?« Ich musste es wissen und Jamie war eine ehrliche Haut. Wäre Pixie hier gewesen oder Lea, hätte ich sie auch fragen können, jede von ihnen hätte mir die Wahrheit gesagt, weil sie eben direkt waren.

Jamie nippte ein paarmal hintereinander an ihrem Kaffee, ließ mich dabei aber nicht aus den Augen. Ihr Blick gefiel mir nicht besonders.

»Bei deinen Freundinnen, also bei uns, bist du absolut nicht arrogant«, fing sie an. »Du bist ein guter Mensch, ehrlich und direkt. Allerdings kannst du schon abweisend und etwas eingebildet Leuten gegenüber sein, die du nicht sonderlich magst oder gar kennst. Dieses Verhalten legst du auch bei ebenjenen an den Tag, denen du unbedingt etwas beweisen willst. Erinnere dich an Professor Houston. Mit dem bist du nie warm geworden, du konntest nicht mal bei seiner Verabschiedung über deinen Schatten springen und ihm alles Gute wünschen. Warum? Weil er wegen deiner Thesen regelmäßig mit dir diskutiert und dich gelegentlich auch vor den Kommilitonen vorgeführt hat, wenn du es übertrieben hast. Ab dem Moment hast du ihn mit Nichtachtung gestraft und eben auch nicht sonderlich höflich behandelt. Dabei hast du oft verdrängt, dass er nun mal dein Professor war, der, der die Macht besaß. Du bist eben ein impulsiver Mensch und kannst Widerworte von Fremden nicht unbedingt ausstehen. Wer bei dir verschissen hat, braucht gar nicht erst zu versuchen, um eine zweite Chance zu bitten, die gewährst du niemandem.«

Das waren doch mal deutliche Worte. Aber ich wollte es ja so genau wissen.

Also hatte Wesley tatsächlich recht: Ich war eine arrogante Schnepfe. Wann war ich so geworden? War ich schon immer so gewesen? Ich konnte mich nicht daran erinnern, dass man mich in meiner Heimatstadt jemals als arrogant bezeichnet hatte. Egal, wann es geschehen war, ich musste an mir arbeiten. Als arrogant wollte ich unter gar keinen Umständen gelten, das war ich nämlich absolut nicht.

Natürlich war ich jemand, der sich nicht auf der Nase herumtanzen ließ, aber was Jamie bezüglich Houston gesagt hatte, stimmte. Manches Mal war ich ein Narr. Meine trotzige Art bescherte mir nicht nur Freunde, sondern eben auch Feinde. Gott, so wollte ich nicht sein. Dass ich sehr stolz war, das wusste ich schon immer, doch falschen Stolz sollte ich dringend loswerden.

»Danke für deine Offenheit«, murmelte ich und erhob mich.

»Ich finde es nicht schlimm, ein wenig Arroganz an den Tag zu legen«, sagte Jamie. »Wir sind alle auf unsere Art und Weise eingebildet und tragen unser Haupt gelegentlich ein wenig höher, als uns zusteht. Aber das ist okay. Wie kommst du überhaupt darauf?«

»Nur so.« Ich seufzte. »Mir hat das am Samstag jemand vorgeworfen.«

»Der Typ, mit dem du gegangen bist?« Ich nickte. Am Sonntag hatte ich meinen Mädels nur gesagt, ich sei gegangen, weil ich jemanden kennengelernt hatte, der sich aber als Fehler entpuppt hatte. »Nimm dir so was nicht zu Herzen. Du bist genau richtig, so wie du bist.«

»Danke.« Ich beugte mich zu ihr, gab ihr einen Kuss auf die Wange, wandte mich ab und verließ das Haus.

Vor der Tür stand mein alter Hyundai. Es handelte sich um eine Klapperkiste, doch sie brachte mich von A nach B. Jedes Mal, wenn ich in meine *Heldin* einstieg, betete ich gen Himmel, dass sie ansprang. Tat sie es, betete ich ein weiteres Mal, dass sie unterwegs nicht den Geist aufgab. Für ein neues Auto hatte ich einfach kein Geld.

Zum Glück sprang mein Baby an und brachte mich sogar unfallfrei in die Stadt, wo ich in der Tiefgarage parkte. Direkt neben dem protzigen Benz von Wesley? Was suchte er denn schon hier? Es war erst sieben Uhr in der Früh, in der Regel kam er gegen neun. Scheiße, ich brauchte meine zwei Stunden am Morgen, um mich auf ihn vorzubereiten. Vorhin hatte ich es schon im Gefühl gehabt, dass dieser Tag scheiße werden würde, ich hätte darauf hören und im Bett bleiben sollen.

Schnaubend und genervt von allem stieg ich in den Aufzug und hoffte, er würde stecken bleiben. Wenigstens so lange, bis der Feierabend eingeläutet wurde. Doch das Glück suchte mich anscheinend nur auf, wenn es um meinen Wagen ging. Bei allem anderen verließ es mich. Ohne einen Zwischenstopp einzulegen, hielt der Fahrstuhl in der obersten Etage an.

Ich war begeistert.

Ohne in die Richtung von Wesleys Büro zu schauen, steuerte ich zielstrebig meinen Tisch an. In die unterste Schublade des Rollcontainers stopfte ich meine Tasche und ging direkt in die Küche.

Nachdem ich mir meinen Becher mit Zucker und einem Schuss Kaffee gefüllt hatte, begab ich mich zurück. Noch immer hatte ich nicht zum entsprechenden Raum gesehen. Ich brauchte noch ein paar Minuten.

Zurück an meinem Schreibtisch öffnete ich den Urlaubsantrag und füllte ihn aus, bevor ich das Schriftstück ausdruckte und unterschrieb. Mit dem Blatt in der Hand erhob ich mich, atmete einige Male durch und machte mich auf den Weg zu *Satan*. Er würde mir den Wisch unterschreiben, vorher würde ich sein Büro nicht verlassen. Ich war fest entschlossen, heute würde mein Tag sein ... heute würde ich als Gewinnerin meinen Arbeitsplatz verlassen.

Kurz klopfte ich an die Tür, und ohne auf seine Aufforderung zu warten, betrat ich das riesige Zimmer. Mein Chef saß hinter seinem Schreibtisch und er schien tatsächlich hochkonzentriert zu sein, denn er schaute nicht mal auf, als ich hereinkam.

»Guten Morgen, Mr. Wright.« Wie jeden Morgen legte ich ihm die Akten der Wiedervorlageliste auf den Tisch, schritt dann zurück und wartete, bis er mir seine Aufmerksamkeit schenkte. Das konnte manches Mal schon ein paar Minuten dauern.

Dieses Mal jedoch reagierte er sofort auf mich, er hob seinen Kopf und lehnte sich zurück in seinen Sessel. Unsere Blicke trafen sich. Aus welchem Grund auch immer durchfuhr mich ein Schauer, und für eine Sekunde wurden meine Beine weich.

Verdammt!

»Miss Wilson«, begrüßte er mich mit rauer Stimme. »Was kann ich für Sie tun?«

»Ich …« Warum bekam ich kein Wort heraus? Sonst hatte ich doch auch keine Schwierigkeiten damit.

»Sie …?« Schon wieder schien er sich über mich lustig zu machen, das erkannte ich nicht nur an seinem Blick, sondern auch an seinem zuckenden Mundwinkel.

Er würde mich nicht kleinkriegen.

»Da Sie ab Mittwoch für einige Tage in der Karibik sind«, erklärte ich und legte ihm meinen Urlaubsschein vor, »möchte ich mir gerne ein paar Tage freinehmen.«

Satan ignorierte den Zettel. Stattdessen verschränkte er die Arme, sein Blick wurde noch intensiver, falls das überhaupt möglich war. Auch wenn ich es wirklich nicht wollte, so trat ich einen Schritt zurück, weil er mir irgendwie zu nah war, obwohl er hinter seinem Schreibtisch saß.

Gott, was war nur los mit mir? Wieso hatte ich gerade Bedürfnisse, die nichts mit Mordanschlägen zu tun hatten? Und warum zum Teufel visierte ich schon wieder seine Lippen an?

Vorhin war ich fest entschlossen, ihm meine Meinung zu sagen, doch jetzt überlegte ich vielmehr, wie ich am besten auf seinen Schoß kommen konnte.

Irgendetwas stimmte ganz gewaltig nicht mit mir.

Kapitel 7

WESLEY

Da stand sie, direkt vor mir. Die rechte Augenbraue hochgezogen, dieser abschätzende und arrogante Blick, mit dem sie mich bedachte, und dennoch schwang heute auch noch etwas anderes darin mit. Immer wieder betrachtete sie meinen Mund, das hatte sie vorher nie getan. Oder mir war es nicht aufgefallen. Keine Ahnung. Jetzt entging es mir jedenfalls nicht.

Bailey schien wild entschlossen, mir die kalte Schulter zu zeigen, nur war sie keine besonders gute Schauspielerin. Nein, das war sie wirklich nicht.

»Den Urlaub kann ich Ihnen nicht gewähren«, kam es schneller über meine Lippen, als ich die Worte aufhalten konnte.

»Wie bitte?« Anscheinend hatte sie mit einer anderen, positiveren Antwort gerechnet. Allerdings musste ich zugeben, dass ich von meiner Aussage selbst überrascht war. »Warum nicht?«

»Weil Sie mich am Mittwoch in die Dominikanische Republik begleiten werden«, teilte ich ihr die Neuigkeit mit. Für mich war sie auch neu, bis vor einer Sekunde hatte ich nicht mal selbst davon eine Ahnung gehabt, dass ich ihr das sagen würde.

»Ich werde was?«, krächzte meine Assistentin und betrachtete mich mit riesengroßen Augen, die herauszukullern drohten.

»Mich in die Karibik begleiten«, wiederholte ich und konnte einfach nicht fassen, was ich hier tat. Es war ein Fehler, sie mitzunehmen, das war mir durchaus bewusst, aber ich konnte nicht anders. Warum? Ich hatte keinen blassen Schimmer.

»Nein, das werde ich ganz gewiss nicht«, wiegelte sie ab, nachdem sie sich einigermaßen im Griff hatte. »Auf gar keinen Fall begleite ich Sie.«

»Ach nein?« Mit hochgezogener Augenbraue musterte ich sie von Kopf bis Fuß. Ihre kleinen Hände hatte sie zu Fäusten geballt.

»Nein«, murrte sie.

»Sie weigern sich, eine Anweisung Ihres Vorgesetzten auszuführen? Verstehe ich das richtig?« Es ging nicht anders, ich musste sie provozieren, musste sie herausfordern. Dieses Verlangen, sie bis an ihre Grenzen zu bringen, war für mich ein persönliches Bedürfnis. Ein Bedürfnis, das ich bis heute noch nie verspürt hatte.

»Ich ... ja, ich meine ... nein.« Baileys Brustkorb hob und senkte sich in einem schnellen Rhythmus.

»Ja oder nein?« Mir war klar, dass ich mich wie ein Arschloch benahm. Dagegen konnte ich nichts tun, es war, als triebe mich eine unsichtbare Macht dazu. »Soviel ich weiß, Miss Wilson, sind Sie derzeit meine persönliche Assistentin. Das Meeting in der Karibik ist zeitaufwendig. Caden hat sich Urlaub genommen. Daniel wird die Telefone übernehmen und mit Unterstützung anderer Kollegen die Weihnachtsfeier organisieren. Jeder hat seine Aufgabe in dem Unternehmen, und Sie werden mich im Ausland unterstützen, da das Projekt sehr umfangreich ist.«

Baileys Gehirn schien zu rattern, ihre Lider verengt, betrachtete sie mich mit hasserfülltem Blick. Sie wollte mir wehtun, das stand großgeschrieben in ihrem Gesicht. Sie konnte es gerne versuchen, das wäre sicherlich ein Spaß. Nichtsdestotrotz hatte ich hier die Zügel in der Hand und Bailey musste das langsam begreifen.

»Wenn wir zurück sind, Mr. Wright«, presste sie zwischen zusammengebissenen Zähnen heraus, »möchte ich ein paar Tage Urlaub haben. Diese stehen mir zu und ich benötige sie dringend für meine Abschlussarbeit. Wäre das für Sie in Ordnung?«

»Natürlich«, gab ich klein bei, schließlich konnte ich ihr die zustehenden freien Tage nicht verwehren. »Buchen Sie sich bitte einen Flug. Wir fliegen zusammen. Sorgen Sie dafür.«

»Selbstverständlich, Mr. Wright.« Meinen Namen spuckte sie mir förmlich auf den Tisch. Meine Mitarbeiterin war sauer, was durchaus nachvollziehbar war, dennoch war mir das herzlich egal. Warum ich dermaßen darauf bestand, sie mitzunehmen, diese Frage konnte ich mir beileibe nicht selbst beantworten.

Wer weiß, vielleicht würde ich in der Karibik dahinterkommen.

Am Mittwochmorgen stand ich pünktlich um fünf Uhr in der Früh am Flughafen. Zwar war ich müde, aber ich freute mich auf einige Tage Sonne. Ja, es war Dezember, doch davon ließ sich die Karibik nicht beeindrucken. Von Schnee und Kälte hatte ich langsam die Schnauze voll, Wärme war genau das, was ich dringend nötig hatte.

Mein Blick wanderte zur Uhr. Fünf nach fünf und noch immer keine Spur von Bailey Wilson. Erst gestern hatte ich sie darauf hingewiesen, dass ich sie punktgenau am Airport treffen wollte. Wie so oft schien sie nicht auf mich zu hören. Einerseits nervte es mich, andererseits musste ich aber auch schmunzeln. In vielerlei Hinsicht erinnerte sie mich an mich selbst. Ich war keinen Deut anders gewesen.

Seit Montag – seit dem Tag, als ich ihr offenbart hatte, dass sie mich zum Meeting begleiten würde – hatte sie kaum mehr ein Wort mit mir gesprochen. Gesehen hatte ich sie ebenfalls nur sehr selten. Dienstag war sie vormittags in der Uni, nachmittags im Büro. Um es auf den Punkt zu bringen: Sie hatte mich ignoriert und war mir aus dem Weg gegangen.

Das hatte sie auch auf den Flug übertragen. Wie ich von ihr verlangt hatte, buchte sie einen für sich selbst. Die Bestätigung erhielt ich natürlich via E-Mail. Zu meinem Erstaunen reservierte sie sich keinen Platz in der ersten Klasse, so wie für mich, sondern Economy. Zuerst wollte ich ein

Upgrade durchführen, ließ es letztendlich aber bleiben. Wir waren nicht im Kindergarten, und nur, weil Miss Wilson sich wie ein trotziges Gör verhielt, musste ich mich nicht auf dieselbe Stufe stellen.

»Guten Morgen«, hörte ich eine weibliche Stimme hinter mir, der ich mich zuwandte. Bailey stand vor mir in einer dicken Daunenjacke, Strickmütze und Stiefeln. Sie sah aus wie ein Michelin-Männchen. Ihre tiefblauen Augen waren auf mich gerichtet. Sie schienen mich durchleuchten zu wollen. Kurz musste ich schlucken, diese Frau hatte wirklich wahnsinnig intensive Iriden, die mich in Gefangenschaft nahmen. Im Großen und Ganzen war Bailey Wilson gefährlich, und nicht zum ersten Mal fragte ich mich, ob ich an einer Geisteskrankheit litt, weil ich sie zwang, mich zu begleiten, obwohl das nicht mal notwendig war. Wäre ich schlau gewesen, hätte ich die Tage genutzt, um sie aus meinem Kopf zu bekommen. Anscheinend war ich derzeit nicht besonders intelligent. Das musste sich unbedingt bald wieder ändern.

»Morgen«, erwiderte ich.

»Kaffee?«, erkundigte sie sich und hielt mir einen Coffee-to-go-Becher entgegen.

»Wie aufmerksam, Miss Wilson«, zog ich sie auf und nahm ihr den Becher ab.

»Das kann ich sein«, konterte sie und nahm einen Schluck von ihrem eigenen Getränk.

Ja, das konnte sie, davon war ich überzeugt. Sie konnte noch so einiges mehr. Vor allem fiel mir dazu was ein, als ich ihre Lippen betrachtete, die sich um die Öffnung des Deckels legten. Wie aus dem Nichts spürte ich ihren Mund auf meinem, vernahm ihren Geschmack, konnte sie noch eindringlicher riechen.

Bailey Wilson war präsent, sie war unglaublich nah, und ich wusste in diesem Moment, dass es nicht nur ein Fehler von mir war, sie mitzunehmen, sondern regelrecht eine Katastrophe werden würde. Das konnte kein gutes Ende nehmen, das sagte mir meine innere Stimme. Hier würde keiner als Gewinner hervorgehen, eher verließen wir das Spiel als Verlierer.

Kapitel 8

BAILEY

Economy dieser Airline war scheiße.

Erstens: Mit meinen langen Beinen hatte ich kaum Platz und zweitens: Der Typ neben mir stank gewaltig nach Schweiß. Langsam wurde mir davon richtiggehend schlecht. Gerne hätte ich ihm das gesagt und Deo angeboten, doch unhöflich wollte ich nicht sein, auch wenn ich hier gerade das Opfer war.

Noch immer fragte ich mich, warum zum Teufel Wesley dermaßen darauf bestanden hatte, dass ich ihn in die Karibik begleitete? Ich verstand ihn einfach nicht mehr. Was sollte ich denn dort für ihn erledigen? Weshalb schenkte er mir plötzlich seine ungeteilte Aufmerksamkeit? Mir war nicht mehr klar, was in seinem Kopf vorging.

Seit ich für ihn arbeitete, hatte er mich mehr oder minder ignoriert beziehungsweise überwiegend wie seine Sklavin behandelt. Von mir als Menschen hielt er nichts, das zeigte er mir andauernd. Daran hatte ich mich gewöhnt und irgendwann einfach hingenommen. Ich war auf meine Art damit umgegangen: Ich schmiedete Mordpläne. Das half mir, mit seinem Arschlochverhalten umzugehen.

Womit ich jedoch überhaupt nicht mehr zurechtkam, war sein jetziges Verhalten. Entweder er hatte für sich entdeckt, dass er mich noch auf andere Weise ärgern konnte, oder aber es hatte etwas mit unserem Kuss zu tun.

Natürlich, Bailey, sagte meine innere Stimme und lachte mich aus. Wesley Wright hat sich unsterblich in dich verliebt und genau deswegen nimmt er dich mit in die Karibik. Dort gibt es Kerzenschein, ein Date und wilden heißen Sex.

Lächerlich!

Satan war gar nicht fähig, sich zu verlieben. Außerdem, wer wollte sich hier eigentlich verlieben? Warum dachte ich über so was überhaupt nach?

Mein Unterbewusstsein drehte offensichtlich gerade komplett durch. So musste es sein.

Ich wollte weder ein Date bei Kerzenschein mit *Satan* noch wollte ich ein weiteres Mal von ihm geküsst werden und Sex mit ihm stand ebenfalls nicht auf meiner Agenda.

Das würde nicht geschehen.

Nicht in diesem Leben.

Niemals!

Also, warum saß ich hier? Um mit anzusehen, wie die Hautington ihre Griffel nicht von Wesley lassen konnte? Um dabei zu sein und zu beobachten, wie er die reiche Kuh abschleppte? Für mich stand fest – jedenfalls nahm ich mir das ganz fest vor –, dass ich den beiden, so gut es eben möglich war, aus dem Weg ging. Diesem Schauspiel musste ich nicht beiwohnen, das wollte ich nicht. Allein die Vorstellung, wie die beiden ... Nein, das konnte ich nicht ertragen. Normalerweise sollte es mir schnuppe sein, was Wesley tat, dummerweise verhielt es sich seit dem Kuss nicht mehr so. Mit aller Gewalt versuchte ich, ihm aus dem Weg zu gehen, nicht an ihn zu denken, schon gar nicht an den Kuss. Gelegentlich schaffte ich es, doch dann kam wieder dieser eine Moment, der mich zurückwarf. Mittlerweile träumte ich sogar von ihm, was mich fast zur Weißglut trieb.

Deswegen war ich fest entschlossen, parat zu stehen, sollte *Satan* mich brauchen, mich aber unsichtbar zu machen, sollte dem nicht so sein. Meinen Mädels musste ich hoch und heilig versprechen, die Zeit in der Karibik zu genießen. Die drei waren Biester, Monster, und sie hatten mir keine andere Wahl gelassen, als ihren Bedingungen zuzustimmen.

Als ich nämlich meinen Koffer für die Reise gepackt hatte, waren Pixie, Jamie und Lea dazugestoßen. Nachdem ich meinen Badeanzug und die Bücher sowie kurze und lange Jeanshosen in mein Gepäck geworfen hatte, kam Bewegung in meine Freundinnen.

Jamie hatte mich auf meinen Stuhl gesetzt und sich auf meinem Schoß niedergelassen, damit ich nicht wieder aufstand. Währenddessen hatten Pixie und Lea nichts Besseres zu tun, als meinen Koffer wieder auszuräumen.

Komplett.

Mein Badeanzug flog raus, stattdessen wurden zwei knappe Bikinis eingepackt. Hosen gehörten ebenfalls der Vergangenheit an, nur eine durfte ich mir aussuchen. Dafür landeten unzählige kurze und lange Kleider mit und ohne Träger in dem Trolley. Turnschuhe waren mir ebenfalls geklaut worden, gestattet waren hohe Sandalen und ein Paar Flipflops.

Trotz meines Flehens durfte ich nicht ein einziges Lehrbuch mitnehmen, allerdings waren meine Schwestern so großzügig, mir einen Liebesroman zuzugestehen – oder besser gesagt einen Porno. Darüber hinaus wurde mir eine Kitzel-Attacke angedroht, sollte ich nicht wenigstens einen One-Night-Stand erleben. Da ich wusste, sie würden ernst machen, sollte ich auf den Deal nicht eingehen, stimmte ich zu. Des Weiteren verlangten sie, dass ich ganz viele Bilder von ganz vielen heißen Kerlen machen sollte.

Zwar war ich mir nicht sicher, ob ich all das wirklich machen konnte, dennoch nahm ich mir vor, es wenigstens zu versuchen – die Zeit in der Karibik ein bisschen zu genießen. Und vielleicht hatten meine Freundinnen recht: Es könnte ja sein, dass mir ein süßer Typ am Strand über den Weg lief.

Nach sechseinhalb Stunden landeten wir endlich in Punta Cana. Nachdem das Stinktier neben mir aufgestanden war, konnte auch ich mich endlich bewegen. Meine Knochen fühlten sich an, als würden sie innerhalb der nächsten Sekunden brechen. Außerdem hatte ich das Gefühl, als sei dieser üble Geruch von meinem Sitznachbarn auf mich übergegangen. Ich brauchte dringend eine Dusche, am besten auch eine Massage.

Nach gefühlten Stunden schaffte ich es, das Flugzeug zu verlassen. Mit Mütze, dicker Jacke und meiner Handtasche über dem Arm trat ich hinaus in eine brüllende Hitze. Natürlich hatte ich auch noch einen Strickpullover an.

Ich hätte sterben können.

Unten an der Treppe wartete *Satan* bereits auf mich. Sein Jackett hing locker über seiner rechten Schulter, natürlich hatte er mitgedacht und ein kurzärmliges Hemd angezogen. Manchmal konnte ich ihn wirklich nicht ausstehen.

»Wie war der Flug?«, wollte er wissen, als ich bei ihm ankam. Das Grinsen versuchte er nicht einmal zu unterdrücken.

»Sehr angenehm«, log ich. Ich würde einen Teufel tun und mich bei ihm ausheulen. Wobei ich dazu gerade sehr große Lust verspürte.

»Ist Ihnen kalt?«, kam die nächste dumme Frage.

»Nein, es ist angenehm«, flunkerte ich erneut. Sicher, er wusste, dass ich nicht die Wahrheit sagte, das erkannte ich an seiner dämlich hochgezogenen Augenbraue, dennoch ruderte ich nicht zurück.

»Dann können wir ja ins Hotel fahren«, schlug er vor.

Nickend folgte ich ihm. Dabei entgingen mir die Blicke der ganzen Frauen um mich herum ganz und gar nicht. Fast schon sabbernd glotzten die Mädels meinem Chef hinterher. Unfassbar! Was mich betraf, hätte ich womöglich tot umfallen müssen, weil ich mich mit ihm unterhalten hatte, mir die Freiheit nahm, ihm auch noch zu folgen.

Wie konnte ich nur?

Dennoch grinste ich die blonde Stewardess diabolisch an, die schon Herzchen in den Augen hatte, um ihr klar zu signalisieren, dass ich gerade mit ihm den Flughafen verließ und nicht sie. Warum ich das tat, wusste wohl ausschließlich der liebe Gott. Momentan war ich eindeutig nicht zurechnungsfähig, anders konnte ich meine Emotionen nicht erklären.

Nachdem wir endlich unsere Koffer abgeholt und die Passkontrollen hinter uns hatten, verließen wir den Airport.

Es dauerte nicht lange, bis das Taxi vor einem riesigen Bungalow anhielt. Die Gegend, in der wir uns befanden, war traumhaft schön.

Wir stiegen aus, dabei schaute ich mich um. Überall nur Palmen, Strand, kleine und mittelgroße Hütten, die direkt am Meer standen. Ich hoffte inständig, dass ich in einer solchen übernachten durfte. Davon hatte ich schon immer geträumt. Nachts, wenn es dunkel war, auf den Stufen sitzen und nur dem Rauschen des Wassers zuhören. Für mich gab es keine schönere Vorstellung.

»Sind Sie so weit, Miss Wilson?«, holte Wesley mich aus meinen Gedanken.

»Ja, natürlich«, erwiderte ich und schnappte mir meinen Koffer, den der Fahrer bereits ausgeladen hatte.

»Mr. Wright«, hörte ich auch schon eine viel zu hohe, mir bestens bekannte Stimme. Miss Hautington!

Ihr Grinsen hätte nicht breiter ausfallen können, ihre weißen Zähne blendeten mich förmlich. Allerdings war es nicht für mich bestimmt, sondern ausschließlich für *Satan*. Und als wäre mir nicht schon schlecht genug, verbeugte sich Wesley vor ihr, nahm ihre Hand und platzierte einen Kuss auf ihre Finger.

Ich hätte kotzen können.

Wenn mich nicht alles täuschte, wurde die Hautington leicht rot, wobei ich mich wirklich fragte, warum dem so war. Diese Frau war groß gewachsen, unglaublich schlank, da war kein Gramm Fett an ihrem Körper, dazu noch diese ellenlangen Beine, das lange blonde glatte Haar, welches aussah, als käme sie gerade frisch vom Friseur, und dieses Porzellan-Gesicht. Grüne Augen, perfekte Nase, perfekte Lippen ... Kurzum: Sie war wirklich eine Schönheit. Dagegen war ich nur ein Mädchen.

Nein, ich hatte überhaupt kein Problem mit meinem Aussehen. Um ehrlich zu sein, hatte ich genug Selbstbewusstsein, um sagen zu können, dass ich mich hübsch fand. Allerdings war ich keine Hautington, nicht so fein, schon gar nicht elegant. Ich war einfach nur ich.

»Es freut mich, Sie wiederzusehen, Miss Hautington«, säuselte Wesley.

»Sie sehen großartig aus, wie immer.«

»Charmeur«, gurrte sie und schaute an meinem Chef vorbei in meine Richtung. »Ich wusste gar nicht, dass Sie in Begleitung kommen.«

Satan drehte sich zu mir um. »Meine Assistentin wird hier notwendig sein«, erklärte er. »Eine muss ja die Protokolle schreiben.« Beide lachten auf.

Innerlich platzte ich fast vor Zorn, und am liebsten hätte ich ihm dahin getreten, wo es so richtig wehtat. Doch ich hielt mich zurück, lächelte einfach die Schönheit an, die diese Geste erwiderte. Dass sich ihre Freude in Grenzen hielt, musste mir keiner sagen. Ihre Abneigung schlug mir förmlich ins Gesicht.

»Schön, Sie in Punta Cana begrüßen zu dürfen, Miss Wilson«, sagte sie, womit sie mich ein wenig überraschte. Niemals hätte ich gedacht, dass sie sich an meinen Namen erinnern würde.

»Danke schön, Miss Hautington«, antwortete ich.

Ihre gesamte Aura strahlte aus, dass sie mich lieber von hinten als von vorn sehen würde. Nun, wenn es nach mir ginge, gerne. Kein Problem. Dummerweise war ich davon überzeugt, dass mein Boss entschieden etwas dagegen hatte, immerhin hatte er mich gezwungen, mitzukommen. Freiwillig hätte ich ihn nämlich nicht begleitet.

Die Hautington hatte sich die kommenden Tage sicherlich anders vorgestellt: Deal unter Dach und Fach bringen, anschließend heiße Schäferstündchen mit meinem Boss, sich schön auspowern und dann wieder zur Tagesordnung übergehen. Mit meiner Anwesenheit hatte sie nicht gerechnet.

Tja, Pech.

Außerdem spürte ich Hass in mir aufsteigen, sobald ich mir vorstellte, wie sie Wesley berührte, er sie küsste und ... Nein, darüber wollte ich nicht nachdenken. Das ging mich auch gar nichts an.

Trotzdem nagte dieses Biest namens Eifersucht an mir, obwohl es dazu gar keinen Grund gab. Verflucht, ich hatte Wesley nur geküsst. Nicht mehr, aber auch nicht weniger.

»Sie werden hier abends sehr viel Spaß haben«, holte Isabell Hautington mich aus meiner Trance und ließ ihren Blick an meinem Körper hinabwandern, bevor sie mich wieder ansah. »Die Männer werden Ihnen bestimmt scharenweise hinterherlaufen.«

»Wie schön, dass wir zum Arbeiten hier sind«, knurrte Wesley plötzlich und betrachtete mich durch verengte Augen. Was hatte er denn für ein Problem? »Und nicht, um Spaß zu haben.«

»Mr. Wright«, unterbrach die Hautington meinen Boss und lachte auf. »Sie befinden sich derzeit in der Dominikanischen Republik. Hier wird zwar gearbeitet, aber überwiegend gefeiert. In New York haben Sie mir Ihr Nachtleben gezeigt, nun werde ich Ihnen meines vorstellen.« Abermals zwinkerte die Blondine mir zu. Aha, er hatte ihr also New Yorks Nachtleben gezeigt. Fragt sich nur, wie genau das aussah?! Mistkerl. »Ihre Assistentin ist noch jung und muss nicht ständig bei uns am Tisch sitzen. Nicht wahr, Miss Wilson?«

Natürlich nicht, dachte ich.

Du kannst mich mal, hätte ich am liebsten gerufen, besann mich aber.

Langsam ging ich mir mit meinen Gedanken selbst auf den Keks. Es sollte mir vollkommen egal sein, was die beiden miteinander hatten oder noch haben würden. Ein beschissener Kuss, mehr gab es zwischen *Satan* und mir nicht. Daraus musste ich doch jetzt keinen Staatsakt machen. Was war nur los mit mir?

»Wenn das Ihr beider Wunsch ist, werde ich mich diesem natürlich fügen«, antwortete ich, ganz die brave Assistentin.

»Das werden wir noch sehen«, murrte Wesley und schoss mit seinen Augen Giftpfeile in meine Richtung. Anscheinend war ihm mein Sarkasmus nicht entgangen.

»Bevor wir weitere Stunden hier herumstehen und uns unterhalten«, sprach die Hautington weiter, »werde ich Ihnen erst einmal Ihre Unterkünfte zeigen lassen. Kommen Sie in Ruhe an. Für sechs Uhr habe ich uns einen Tisch im Restaurant reserviert. Allerdings nur für zwei Personen.«

»Kein Problem«, sagte ich fast schon flötend, auch wenn ich innerlich mit einem Paintball-Gewehr auf sie zielte und mehrmals hintereinander abdrückte. »Ich werde schon etwas finden. Bei Ihren Unterredungen möchte ich Sie selbstverständlich nicht stören.«

»Das ist sehr großz…«

»Isabell, wenn es Ihnen nichts ausmacht«, unterbrach Wesley seine neue potenzielle Kundin, »würde ich es begrüßen, wenn Miss Wilson mit uns speist. Bei unserem Gespräch möchte ich, dass meine Assistentin sich Notizen macht, falls es nötig ist.«

Verlor er jetzt seinen Verstand komplett? Warum beharrte er bloß dermaßen auf meine Anwesenheit? Noch nie zuvor hatte ich an irgendwelchen Gesprächen mit Kunden teilgenommen. Weshalb jetzt? Vor allem, was sollte ich notieren? Dass die Hautington ihn mit den Blicken fast auszog?

Befand ich mich hier vielleicht in einem schlechten Film?

»Natürlich macht es mir nichts aus.« Und ob es das tat. Wenn sie nicht so adrett wäre, hätte sie nämlich geknurrt.

Isabell Hautington war gefährlich, und ich tat gut daran, mich nicht mit ihr anzulegen, wenn es sich vermeiden ließ. Nein, ich hatte keine Angst vor ihr, nur leider wusste ich, wozu Menschen wie sie, die dazu auch einen Haufen Kohle besaßen, fähig waren. Meine Zukunft lag erst noch vor mir, und sie wusste genug über mich, um meine Karriere zu zerstören, bevor sie überhaupt anfing.

»Adriano«, rief sie nach einem Mann, der hinter dem Informationstresen stand. Mir kullerten fast die Augen heraus, als ich den braun gebrannten, hochgewachsenen, verdammt heißen Mitarbeiter betrachtete. O mein Gott, der Kerl konnte unmöglich echt sein.

Eines Tages musste ich unbedingt mit meinen Freundinnen hierhinfahren. Mir wurde ganz warm.

Ich spürte Wesleys Blick, weshalb ich mich zu ihm drehte. Er fixierte mich, als hätte er nicht minder Lust, mich zu erwürgen. Ich hob eine Augenbraue. Das schien ihn noch mehr zu provozieren. Gut so!

Dieser Adriano ging an mir vorbei, zwinkerte mir zu, lächelte mich an. Nur zu gerne erwiderte ich sein Lächeln – natürlich so, dass Wesley das auch genauestens mitbekam.

Nimm das!

Mit hocherhobenem Haupt schob ich mich an *Satan* vorbei. Dabei flüsterte er so leise, dass nur ich es mitbekam: »Treib es nicht zu weit, Bailey. Ich warne dich.« Bei den Worten lief es mir eiskalt den Rücken hinunter. Vielleicht sollte ich mich ein klein wenig zurückhalten.

»Adriano, bitte begleite Miss Wilson zur Unterkunft sechs«, wies Miss Hautington Sex-auf-zwei-Beinen an.

Zugegeben, momentan fand ich es gar nicht so schlimm, dass ich meinen Boss in die Karibik begleiten musste. Ganz im Gegenteil.

»Hi«, begrüßte mich der muskulöse Mann auf Englisch. Seine karamellfarbenen Augen wanderten kurz an meinem Körper hinab, bevor er mich wieder ansah.

Ich brauchte dringend eine kalte Dusche, mir wurde immer heißer.

»Hey«, murmelte ich und schaute zu ihm auf. »Ich bin Bailey.«

»Adriano«, stellte er sich mir mit seinem spanischen Akzent vor und nahm mir meinen Koffer ab. »Folgen Sie mir, ich bringe Sie zu Ihrer Unterkunft.«

»Sehr gerne«, krächzte ich fast schon.

Bevor ich dieser leckeren Schnitte folgte, musterte ich nochmals Wesley, der mich auf eine Art ansah, die mir sagte, dass ich nicht lange leben würde, sollte ich ihn weiter herausfordern.

Aber ich tat doch gar nichts!

Ich war erwachsen, er hatte nicht zu bestimmen, mit wem ich flirtete. Ob er damit ein Problem hatte?

Ja, klar, Bailey. Meine innere Stimme seufzte kopfschüttelnd. Wesley ist selbstverständlich eifersüchtig auf Adriano, weil er sich unsterblich in dich verliebt hat.

Gott, ich musste dringend mit meiner inneren Stimme sprechen. So konnte es nicht weitergehen. Von Verliebtsein war keine Rede gewesen, verflucht noch mal.

Kurz betrachtete ich die Hautington, die gerade mit einem weiteren Angestellten sprach, anschließend schaute ich Wesley wieder an und hob abermals eine Augenbraue. Damit wollte ich ihm klar signalisieren, dass ich die gleichen Rechte besaß wie er. Was er konnte, das konnte ich schon lange. Meine nonverbale Ansprache schien er zu verstehen, und wenn ich mich nicht täuschte, kam Dampf aus seinen Ohren. Bevor es hier noch eskalierte, drehte ich mich um und folgte Adriano. Besser war das.

Doch bevor ich einen Gang zurückschaltete, konnte ich nicht einfach so verschwinden, ohne noch einen obendrauf zu setzen: Eingebildet warf ich meine Haare zurück und verließ mit wiegenden Hüften das Foyer des Hauses. Klar, ich hatte keine Augen am Hinterkopf, doch ich war davon überzeugt, dass Wesley das dringende Bedürfnis verspürte, mir wehzutun.

Willkommen in meiner Welt!

Adriano und ich gingen einige Minuten über den Strand und steuerten direkt eine der Hütten an. Als Adriano vor einer stehen blieb, hätte ich am liebsten einen Freudentanz aufgeführt. Ja, das hier gehörte für die nächsten paar Tage mir. Ein Traum ging in Erfüllung.

»Willkommen in Punta Cana, Bailey.« Adriano schob die Tür auf und ließ mir den Vortritt. Langsam und ehrfürchtig schob ich mich an ihm vorbei, schritt über die Schwelle und befand mich in einem fantastisch modernen Wohnzimmer, welches mit einer Couch, einem Tisch und einem Sideboard ausgestattet war. Links von mir befand sich ein kleines Bad: Toilette, Dusche, Waschbecken. Weiter geradeaus kam der Schlafbereich. Ein großes Kingsize-Bett, umhüllt mit einem Mückennetz. Die Farben waren im Großen und Ganzen in Schwarz, Grau und Weiß gehalten. Hier fühlte ich mich sofort wohl.

Wie ein unreifes Mädchen hüpfte ich auf und ab, bis mir einfiel, dass ich nicht allein war. Beschämt drehte ich mich um.

Adriano stand im Wohnzimmer, seine Augen lagen auf mir. Er grinste ... es war ein verruchtes Grinsen.

»Entschuldigung«, sagte ich, grinste aber weiterhin. »Ich hätte niemals gedacht, dass ich eines Tages so etwas erleben würde. Bislang habe ich solche Strände und Hütten ausschließlich im Fernsehen gesehen.«

»Es spricht nur für das Resort, dass es Ihnen hier gefällt, Bailey.« Bei seinem Akzent bekam ich glatt weiche Knie. Moment! Hatte er mich gerade gesiezt? »Ich wünsche Ihnen einen angenehmen Aufenthalt. Sollten Sie Fragen haben, können Sie uns jederzeit über das Telefon im Wohnbereich erreichen.«

»Vielleicht ist es jetzt unhöflich und unprofessionell«, murmelte ich, »aber wäre es möglich, dass wir uns duzen?«

Adriano verzog schmunzelnd seinen Mund. »Wenn das dein Wunsch ist. Dann gerne.«

»Ja, das wäre wirklich toll«, meinte ich. »Und wo du schon mal hier bist, kannst du mir sagen, wohin man abends gehen kann? Clubs oder irgendwas, was angesagt ist?«

Schließlich befand ich mich in Punta Cana. Nach Feierabend wollte ich was erleben und nicht nur in meiner Hütte sitzen, um zu schmollen.

»Die Anlage hier ist groß und besitzt unter anderem die Lounge«, informierte Adriano mich. »Du solltest heute Abend kommen. Dort finden Tanzveranstaltungen statt.«

»Wirst du auch da sein?«, erkundigte ich mich und lächelte ihn an. Flirtete ich gerade tatsächlich mit diesem heißen Kerl? Jepp, das tat ich.

»Ja, ich bin jeden Abend dort, wenn ich nicht gerade arbeite oder woanders eingeteilt bin«, klärte er mich auf.

»Dann werde ich versuchen, am Abend in die Lounge zu kommen«, erwiderte ich.

Adriano nickte und deutete auf mich. »Vielleicht solltest du dir etwas Leichteres anziehen. Nachts kühlt es nicht sonderlich ab. Es sei denn, du frierst generell?«

»Nein«, antwortete ich. »In New York herrschen Minusgrade und Schnee. Es kommt mir vor, als hätte ich eine Zeitreise gemacht.«

»Ich war noch nie in den Staaten«, gab er mir zu verstehen. »Wer weiß, eventuell habe ich ja jetzt einen Grund, nach New York zu reisen.«

»Könnte sein«, entgegnete ich und biss mir auf die Unterlippe.

Wann hatte ich das letzte Mal geflirtet? Gott, das war schon ewig her, und ich genoss die Aufmerksamkeit von diesem Adriano. Mehr, als gut für mich war.

»Wir sehen uns später, Bailey.« Adriano zwinkerte mir ein weiteres Mal zu, drehte sich um und war in der nächsten Sekunde verschwunden.

Eventuell würde der Trip gar nicht so schlimm werden, wie anfangs gedacht. Am Vormittag war ich Wesleys Assistentin, abends jedoch konnte ich einfach nur Bailey sein und das Leben genießen. Scheiß drauf, ich hatte schon lange keinen Spaß mehr gehabt. Mein Leben bestand hauptsächlich darin, zu arbeiten und zu lernen. Diese wenigen Tage in der Karibik würde ich mir nehmen und loslassen. Ich hatte es verdient.

Außerdem wurde es Zeit, Wesley Wright aus meinem Kopf zu bekommen. Was wäre da wohl besser als ein heißer Südländer namens Adriano?

Kapitel 9

WESLEY

»Das ist ein großartiges Konzept«, sagte Isabell Hautington. »Wesley, genau so habe ich mir das vorgestellt.«

»Das freut mich«, meinte ich erleichtert. »Dann haben unsere nächtelangen Unterredungen doch etwas gebracht.«

»Ja, sehr, wie es scheint.« Isabell schien sich vor Glück gar nicht mehr einzukriegen. Wenn Caden und ich diesen Auftrag an Land zögen, könnten wir uns erst einmal in Ruhe zurücklehnen. Wir brauchten diese Quelle, denn war die Hautington mit unserer Arbeit zufrieden, würde sich das in ihren Kreisen herumsprechen. Genau das, worauf mein Freund und ich immer hingearbeitet hatten.

»Wesley, ich möchte ehrlich zu Ihnen sein.« Ihre Tonlage hatte sich verändert, was mir nicht sonderlich gefiel. Gerade hatte ich noch ein Hochgefühl, jetzt lag es im Keller.

»Sie können offen sprechen«, gab ich ihr zu verstehen.

»Anfangs war ich skeptisch, ob Sie meinen Erwartungen entsprechen könnten«, fing sie an. »Natürlich, Ihr Ruf eilt Ihnen voraus, Sie haben brillante Ideen, dennoch war ich unsicher. Doch ich muss gestehen, dass Sie mich mit Ihrer Professionalität überzeugt haben. Von Beginn an waren Sie souverän, haben sich keinen Fehler geleistet. Weder privat, was unsere stundenlangen Gespräche betraf, noch beruflich. Das rechne ich Ihnen hoch an. Hinzu kommt, dass Sie meine Vision ebenfalls leben, sie auf das Papier gebracht haben. Wesley ...« Kurz hielt ich den Atem an. »Heute werden wir feiern und Spaß haben, morgen können wir wieder dem Geschäft Vorrang geben. Sobald wir uns die Örtlichkeiten des Bauvorhabens angesehen haben, setzen wir uns noch einmal zusammen und sprechen über die Details. Ich bin geneigt, Ihnen und Ihrer Firma den Auftrag zu erteilen.«

Sie baggerte mich an, das erkannte jeder Blinde. Isabell wollte mich und sie machte kein Geheimnis daraus. Zwar griff sie nicht frontal an, sie tat es auf ihre Weise. Doch sie verstand noch nicht, dass ich mit Kundinnen, auch mit potenziellen, nichts anfing. Das war ebenfalls eine Regel von mir. Mitarbeiter und Kundinnen waren für mich tabu, auch wenn in der Firma das Gerücht herumging, ich würde jede Frau vögeln, die mir über den Weg lief. Diese Behauptung hatte ich nie dementiert, dazu bestand kein Anlass. Ich war der Boss, was ich privat tat, ging niemanden etwas an. Ja, ich hatte oft Sex mit verschiedenen Damen. Doch diese hatten nichts mit meiner Arbeit zu tun. Das trennte ich strikt. Und genau das musste ich Isabell Hautington irgendwie zu verstehen geben, ohne dass sie es in den falschen Hals bekam. Sollte sie mir den Auftrag deswegen entziehen, wäre das zwar ärgerlich, aber leider nicht zu ändern. Von meinen Prinzipien würde ich nicht abweichen. Bailey war eine Ausnahme gewesen, ein Fehler. Er sollte nicht wiederholt werden.

»Erst einmal danke ich Ihnen für den Vertrauensvorschuss«, antwortete ich so lässig und ruhig, wie ich eben konnte. »Morgen werden wir den Strand in Augenschein nehmen und mit den Plänen vergleichen. Dass noch einige

Anpassungen gemacht werden müssen, steht außer Frage, dennoch denke ich, dass das grobe Konzept steht. Sobald Sie sich endgültig entschieden haben, werden wir über das weitere Vorgehen sprechen.« Ich hob mein Sektglas, was Isabell mir nachtat. »Ich freue mich auf die kommenden Tage in Ihrem Paradies.«

»Und auf reichlich Spaß, den wir haben werden«, gurrte sie und nippte an ihrem Getränk, als sich plötzlich ihre Augen weiteten. »Das habe ich nicht erwartet. Zwar war mir immer klar, dass Ihre kleine Sekretärin gut aussieht, aber ... Ich denke, Wesley, auch Miss Wilson wird hier ihren Spaß haben. Die südländischen Männer stehen auf Mädchen wie sie. Zart, unschuldig, engelhaft dreinblickend. Ich hoffe, dass sie es den Herren nicht ganz so einfach macht. Leicht zu habende amerikanische Frauen haben hier schnell ihren Ruf weg.«

Bevor ich auf die eher bösartigen Worte eingehen konnte, folgte ich ihrem Blick und entdeckte Bailey.

Nicht nur südländische Männer fuhren auf Mädchen wie Bailey Wilson ab, sondern auch amerikanische. Insbesondere ich, um es auf den Punkt zu bringen. Aber das würde ich niemals zugeben, eher würde ich mir die Zunge abbeißen.

Wie von allein stellte sich meine Sauerstoffzufuhr wieder ein. Dieses Erscheinungsbild war komplett neu für mich und darauf war ich ebenfalls nicht vorbereitet.

Im Normalfall trug meine Mitarbeiterin enge Jeans, Turnschuhe oder Ballerinas und Shirts, Pullover, im Sommer eventuell Tops. Ihre Haare hatte sie für gewöhnlich zu einem Dutt oder Zopf zusammengebunden. Offen trug sie ihre Mähne selten.

Diese Frau, die gerade auf uns zukam, war ein waschechter Männertraum. Ihr verruchter schlanker Körper steckte in einem knielangen, trägerlosen weißen Kleid. Die Mähne lag offen über ihrer rechten Schulter. Dazu trug sie hohe Sandaletten, deren Bänder sich um ihr Schienbein bis hoch zu ihren Waden wie Schlangen wickelten. Ich konnte meinen Blick nicht von ihr lassen.

Das würden verdammt harte Tage für mich werden. Nicht nur beruflich.

»Guten Abend«, begrüßte uns diese Göttin und nahm mir gegenüber Platz.

Kurz betrachtete ich die Kellner. Die meisten Tische waren leer, es gab kaum Gäste. Dafür lungerten genügend Mitarbeiter der Anlage hier herum, und ich musste feststellen, dass es kaum ein Kerl schaffte, Bailey nicht anzuglotzen. Wut stieg in mir auf, unbändiger Zorn, zu gerne hätte ich einen Rundumschlag veranstaltet. Das Schlimme war, ich konnte mir noch nicht einmal erklären, woher dieser Druck in mir rührte. Bailey hatte nichts getan, und dennoch brachte sie mich auf die Palme, nur weil sie aussah wie ein Top-Model.

»Sie sehen nett aus, Miss Wilson«, meinte Isabell. Es fehlte nur noch, dass sie ihre Krallen herausfuhr. Sie stierte Bailey an, als wollte sie diese gleich auffressen. Hier war wohl Neid im Spiel. »Bei solch einem Auftritt sollten Sie sich nicht wundern, wenn Sie später von den Herren umgarnt werden.«

»Auftritt?«, wiederholte Bailey verwirrt.

»Nun, Sie ziehen die Aufmerksamkeit in solch einem gewagten Outfit auf sich«, erklärte Isabell. »Wahrscheinlich gewollt, sonst hätten Sie sich nicht so in Schale geworfen. Mädchen Ihres Alters dürfen sich das aber noch erlauben. Frauen wie ich sollten sich davon eher distanzieren.«

Meine potenzielle Kundin lachte und schaute mich dabei an. Sie hatte Bailey ganz klar zu verstehen gegeben, dass die Kleine es nicht mit einer Frau, wie sie es war, aufnehmen konnte. Nun, ich war da anderer Meinung. Aber was wusste ich schon?

»Ich nehme das jetzt mal als Kompliment«, säuselte Bailey. »Sie wissen ja sicherlich noch, wie es war, als Sie in meinem Alter waren. College, lernen, Abschluss. Bis es so weit ist, werde ich mein Leben in vollen Zügen auskosten. Dabei vergesse ich natürlich nicht, meinen guten Ruf zu wahren, der schnell beschädigt sein kann. Aber das brauche ich Ihnen ja nicht zu sagen.« Bailey lächelte Isabell strahlend an, und sie hatte mit ihrer Ansage gepunktet, das konnte ich dem Gesicht der Hautington deutlich entnehmen. Ich musste mir das Grinsen verkneifen.

Bailey war nicht auf den Mund gefallen, und genau das mochte ich an ihr, auch wenn es mich manchmal herausforderte. Dennoch war ihre Art in Momenten wie diesem mehr als angebracht. Sie ließ sich nichts gefallen.

»Wir sollten bestellen.« Isabell winkte einem Kellner zu. Natürlich handelte es sich dabei um Adriano. Dem Kerl, der die Augen nicht von Bailey lassen konnte. Fuck, sein Blick gefiel mir ganz und gar nicht, besonders aber der von Bailey nervte mich. Scheiße, was fand sie an diesem Kerl? »Adriano, Darling, lass uns bitte die Menüs bringen, die ich für den heutigen Abend zusammengestellt habe.«

»Selbstverständlich, Ma'am.« Kurz darauf war der Knilch verschwunden, natürlich nicht, ohne meiner Assistentin zuzuzwinkern, woraufhin sie lächelte und tatsächlich leicht errötete.

Ernsthaft? Sie stand auf Sonnyboys?

Bailey schaute auf, unsere Blicke trafen sich. Blau traf auf dunkelbraun. Warum auch immer, aber ich hatte gerade das dringende Bedürfnis, meine Assistentin übers Knie zu legen. Ich wollte sie schütteln, so lange, bis ich aufhörte, über sie und unseren Kuss nachzudenken. Ständig war sie in meinem Kopf präsent, andauernd musste ich sie lechzend anstarren. Und dann tauchte sie auch noch in dieser Aufmachung hier auf.

Ich war am Arsch.

»Sie haben es sehr schön hier, Miss Hautington«, meinte Bailey ehrfürchtig. »Es ist wie in einem Traum.«

»Es freut mich, dass es Ihnen gefällt«, erwiderte Isabell etwas zu arrogant für meinen Geschmack. »Meine Eltern haben das alles hier damals aus dem Nichts erschaffen. Nach ihrem Tod stand für mich fest, dass ich die Anlage erweitern werde. Deswegen ist Ihr Boss ja auch hier, damit wir uns über die Details einig werden. Nicht wahr, Wes?«

»Ganz genau«, stimmte ich zu und ignorierte die Nennung meines Spitznamens. So hatte mich nur meine Mutter genannt.

Abermals sah ich zu Bailey, die an ihrem Wasser nippte, welches ihr gerade vorgesetzt wurde. Kaum merklich verdrehte sie die Augen. Anscheinend passte es ihr nicht, dass Isabell sich dermaßen an mich heranwarf – oder bildete ich mir das nur ein?

»Ich gehe davon aus, dass Sie mit der Einsatzbereitschaft und der Arbeitsweise von Mr. Wright außerordentlich zufrieden sein werden, Miss Hautington«, meinte Bailey und grinste frech.

Das hatte sie nicht gesagt, oder? Ihrem unschuldigen Augenaufschlag nach zu urteilen, hatte sie es genau so gemeint, wie ich es verstanden hatte. Dieses Biest wusste ja nicht, mit wem es sich hier anlegte.

Um mich zu beruhigen, nippte ich weiter an meinem Sekt, den Isabell vorhin für uns hatte kommen lassen. Ein Scotch wäre mir lieber gewesen. Ein dreifacher.

»Davon gehe ich aus, meine Liebe«, entgegnete Isabell und grinste mich vielversprechend an. Als sie auch noch ihre Lippen mit der Zunge befeuchtete, hätte ich am liebsten laut aufgestöhnt. Nicht, weil es mich anmachte, sondern weil es nervte.

Isabell war eine Schönheit, den Reichtum sah man ihr an. Hätte ich sie in einem Club getroffen, wäre sie meine Auserwählte für die Nacht gewesen. Doch so verhielt es sich nicht. Demnach würde es niemals zu einer Annäherung kommen. Egal, was sie sich auch vorgestellt hatte.

»Miss Wilson?«, sprach sie auf einmal meine Mitarbeiterin an. »Vielleicht haben Sie bereits gehört, in der Lounge wird heute Abend wieder getanzt. Wenn Sie Interesse haben, kommen Sie vorbei. Es könnte ja sein, dass sich Ihnen eine Gelegenheit bietet.«

»Ja, ich wurde bereits eingeladen«, erklärte die kleine Hexe, »und ich habe zugesagt. Nach dem Essen möchte ich mich gerne entschuldigen. Wie Sie schon sagten: Ich bin jung und sollte Spaß haben. Außerdem möchte ich Sie bei der Unterredung mit meinem Chef nicht unnötig stören.«

Sie wurde eingeladen? Von wem? Diesem Adriano?

»Wir haben morgen einen langen Tag vor uns«, mischte ich mich ein in dem Versuch, meinen Zorn zu unterdrücken. »Da sollten wir fit sein.«

»Ach was«, unterbrach Isabell mich. »Miss Wilson hat recht. Wir können noch ein wenig plaudern. Protokolle müssen gerade nicht geführt werden, somit könnte Ihre Sekretärin eigentlich Feierabend machen. Sie ebenfalls, Wes. Wir beide finden sicherlich Themen, worüber wir sprechen können, meinen Sie nicht?«

Bevor ich darauf auch nur ansatzweise eingehen konnte, traten mehrere Kellner an unseren Tisch und servierten das Essen. Keine Ahnung, was Isabell meinte, aber wir waren nur zu dritt und mussten keine Fußballmannschaft ernähren. Allerdings musste ich zugeben, dass es lecker roch und auch genauso aussah. Mir knurrte der Magen, erst jetzt wurde mir bewusst, dass ich verflucht großen Hunger hatte.

»Das sieht wunderbar aus«, schwärmte Bailey.

»Schlagen Sie zu, Miss Wilson«, bot Isabell an. »Ich kann den Salat empfehlen.«

Der nächste Seitenhieb in Richtung Bailey. Langsam nervte mich ihre Art, und ich konnte es auch nicht ausstehen, wie sie mit meiner Angestellten umsprang. So konnte sie ihre Mitarbeiter behandeln, meine nicht. Lange würde ich das nicht mit ansehen.

»Salat ist nicht so meins«, konterte Bailey gelangweilt. »Das ist nur etwas für Frauen, die auf ihre Linie achten müssen. Dazu gehöre ich, Gott sei Dank, nicht.«

Isabell hustete, wahrscheinlich war ihr das Salatblatt bei dem Konter im Halse stecken geblieben. Tatsächlich musste ich mich beherrschen, nicht lauthals loszuprusten.

Bailey war verbal stark, das musste der Neid ihr lassen. Wie es aussah, war sie auf meine Hilfe nicht angewiesen.

Ich sah auf und traf auf Baileys Blick. In ihren Augen erkannte ich, dass sie die Auseinandersetzung mit Isabell nicht so tough wegsteckte, wie sie es nach außen präsentierte. Dennoch hielt sie sich tapfer, und ich nahm mir vor, sie von der Hautington weitestgehend fernzuhalten. Diese Behandlung hatte die Kleine nicht verdient, und ich würde dafür sorgen, dass sie dieser auch nicht weiter ausgesetzt werden musste.

Gegen zehn am Abend fühlte ich mich überfressen. Das Essen war einfach ein Traum gewesen, ich konnte die Finger nicht von den ganzen Köstlichkeiten lassen. Allein schon wegen des Essens sollte ich häufiger in die Karibik reisen. Was mich erstaunte, war, dass Bailey ebenfalls reingehauen hatte. Sie schien tatsächlich keine von den Frauen zu sein, die Kalorien zählte. Das Grünzeug hatte sie vollkommen ignoriert, was ich von Frauen nicht kannte. Es hatte mich immer gestört, wenn meine Begleiterinnen sich nur Häppchen bestellten.

»Miss Wilson, die Lounge ist nun geöffnet. Sie sollten aufbrechen, bevor es zu Ende ist«, durchbrach Isabell die Stille und musterte Bailey.

»Da haben Sie vollkommen recht, Miss Hautington«, stimmte Bailey zu und erhob sich. Sie wandte sich mir zu. »Ich wünsche Ihnen noch einen schönen Abend. Bis morgen.«

Am liebsten hätte ich gebrüllt!

Ich schaute Bailey hinterher. War sie tatsächlich im Begriff, tanzen zu gehen? Mit all diesen wildfremden Geiern? Nahm sie wirklich an, dass ich still dabei zusehen würde?

»Wissen Sie was, Isabell?«, sagte ich an meine Sitznachbarin gewandt, die gerade dabei war, näher an mich heranzurücken. »Gegen ein bisschen Bewegung hätte ich ebenfalls nichts einzuwenden.«

Fuck, der letzte Satz konnte auch zweideutig verstanden werden, was absolut nicht meine Absicht war.

»Ich könnte auch ein wenig Bewegung vertragen, Wesley.« Abermals befeuchtete sie ihre Lippen mit der Zunge. Sollte das in irgendeiner Weise sexy wirken?

»Sehr schön«, meinte ich und erhob mich. »Dann lassen Sie uns in die Lounge gehen.«

»Lounge?«, wiederholte sie verwirrt und riss verwundert ihre Lider auf. »Sie wollen tanzen?«

»Warum nicht?«, stellte ich eine Gegenfrage.

»Nun, okay«, erwiderte sie und stand auf. »Zwar war das nicht so geplant, aber wenn Sie tanzen möchten, dann lassen Sie uns in den Club gehen.«

Ich marschierte vor. Bailey war schon viel zu lange unbeaufsichtigt in dem Laden. Allein der Gedanke, sie könnte dort mit einem anderen Mann ... Mein Schritt wurde schneller.

Es dauerte nur wenige Minuten, bis wir das Lokal erreichten. Der Raum war groß, seitlich aber offen, mit Blick auf das Meer, wo Sessel und Sofas mit Tischen standen. Am rechten Ende befand sich die Bar, die neonblau beleuchtet war. Genau diese steuerten wir an.

Das gesamte Ambiente gefiel mir.

»Ricardo, das ist Mr. Wright. Er ist mein Gast«, teilte Isabell dem Barkeeper mit. »Alles, was er und Miss Wilson verzehren, geht aufs Haus.« Mit dem Finger deutete sie auf das weibliche Geschöpf auf der Tanzfläche, welches umzingelt von Männern war.

Vor allem aber gab sie sich mit Adriano dem Rhythmus hin. Tanzen konnte man das nicht mehr nennen, eher glich es einem Trockenfick.

»Ist es tatsächlich gestattet, dass Ihre Mitarbeiter mit Gästen tanzen?«, erkundigte ich mich penibler, als ich es eigentlich war.

Isabell folgte meinem Blick und lachte laut auf.

»Nun, wir leben in der Dominikanischen Republik«, sagte sie. »Meine männlichen Mitarbeiter sehen nicht ohne Grund so aus, wie sie nun mal aussehen. Wir haben viele junge weibliche Gäste hier, die unterhalten werden möchten. Ich finde es völlig in Ordnung, wenn meine Jungs ein wenig flirten und den Ladys das Gefühl geben, etwas Besonderes zu sein. Ihr Amerikaner seid prüde, was das betrifft.« Erneut lachte sie. »Solange die Damen sich nicht beschweren, meine Angestellten sich zurückhalten, wenn es angebracht ist, mir keine Beschwerden zu Ohren kommen, spielt das für mich keine Rolle. Außerdem gehört dieser Bereich meinen Leuten. Es gibt noch einen größeren, der aber nur in der Hauptsaison geöffnet ist.«

Na, wie schön.

Meine innere Anspannung kotzte mich selbst an, und ich musste mir irgendetwas einfallen lassen, wie ich den Druck in mir loswurde. Bestenfalls mit einer Frau, die wie ich allein hier war. Bailey stand nicht zur Debatte, scheiße, sie war meine Assistentin. Isabell auch nicht, sie war meine Kundin. Ich brauchte eine, die mir gänzlich unbekannt war.

»Ich werde mich der Musik auch mal verschreiben.« Isabell stellte sich direkt vor mich, versperrte mir die Sicht auf die kleine Hexe. »Vielleicht gesellen Sie sich gleich zu mir und zeigen mir, was Sie mit Ihren Hüften alles anstellen können.«

Ich nickte, sprechen war kaum möglich, weil ich ihr womöglich dann gesagt hätte, dass ich null Interesse an ihr hatte. Und die Tatsache, dass ich das Bedürfnis verspürte, einer schönen Frau wie ihr genau das vor den Latz zu knallen, ließ meine Laune noch weiter in den Keller sinken.

Bailey trug die Schuld an allem Übel, vor allem aber daran, dass ich mich unwohl in meiner Haut fühlte. Sie wollte sich partout nicht aus meinen Gehirnwindungen verdrücken, sondern schien sich darin tätowiert zu haben. Vielleicht sollte ich meine Regeln einmal außer Acht lassen, Bailey vögeln und anschließend wie gewohnt weitermachen. Eventuell könnte ich sie so aus meinen Gedanken vertreiben. Bei anderen Weibern funktionierte das schließlich auch. Eine Idee, die ich im Hinterkopf behalten sollte.

»Einen Whisky, bitte«, sagte ich zum Barkeeper, der mir wenige Sekunden später ein Glas auf den Tresen stellte. »Danke.«

»Sie haben eine verdammt hübsche Freundin«, meinte dieser Ricardo, den ich daraufhin mit hochgezogener Augenbraue musterte. In meinem Gesicht schien er die Verwirrung deutlich zu erkennen. »Na, Miss Wilson.«

»Sie ist nicht meine Freundin«, schoss es aus mir heraus. »Wir sind beruflich hier, sie arbeitet für mich.«

»Gut zu wissen.« Der Penner klopfte auf den Tresen und grinste frech. In seinen Augen war klar zu erkennen, dass er mit dieser Information etwas anzufangen wüsste.

Mein Zorn stieg stetig weiter an.

Mehrere Whiskys und einen drohenden Tobsuchtsanfall später hatte ich keine Lust mehr, Bailey beim Tanzen zuzusehen, die mittlerweile kaum mehr sichtbar war, weil sich immer mehr Idioten um sie scharten. Von Isabell war nichts mehr zu sehen, irgendwie ging sie in der Masse unter.

»Dafür, dass die Anlage kaum Gäste aufzuweisen hat, ist es hier aber recht voll«, sagte ich zu Ricardo, der mir gerade ein neues Getränk hinstellte.

»Das ist hier der Bereich für die Mitarbeiter«, erzählte er mir das Gleiche, was ich von Isabell vorhin schon erfahren hatte. »Einige Bewohner der Umgebung kommen auch gerne hierhin, Miss Hautington hat nichts dagegen. Die Lounge steht für Punta Cana offen.«

Wie großzügig von ihr.

Generervt schnappte ich mir das Glas, exte den Inhalt und knallte es mit mehr Wucht als gewollt auf den Tresen zurück.

Es wurde Zeit, selbst ein bisschen Spaß zu haben.

Ich steuerte eine Rothaarige an, die einsam vor der Tanzfläche stand. Die ganze Zeit über hatte sie versucht, meine Aufmerksamkeit zu erlangen. Jetzt hatte sie diese.

»Lust zu tanzen?«, fragte ich, als ich mich hinter sie stellte.

Das Mäuschen neigte ihren Kopf zur Seite, richtete ihren Blick auf mich.

»Ich dachte, du fragst nie«, antwortete sie keck.

Umgehend schnappte ich mir ihre Hand und führte sie durch die Menschenmasse, direkt an die Seite von Bailey und Adriano.

Und dann fing ich an, mich zu bewegen.

Mit Tanzen hatte auch das nichts mehr zu tun.

Bailey und ich schauten uns tief in die Augen. Wie so oft verengte sie ihre, wandte sich von mir ab und schlang ihre Arme um den Hals ihres Tanzpartners. Ohne mein Zutun drehte ich die Kleine vor mir mit dem Rücken zu mir, legte meine Hand auf ihren flachen Bauch, ging in die Hocke und begann, mich von hinten an ihr zu reiben.

So lief das über mehrere Lieder.

Hier ging es weder um meine Partnerin noch um Adriano. Vielmehr befanden Bailey und ich uns in einem Battle und so langsam kam mir der ganze Scheiß kindisch und lächerlich vor.

Was tat ich hier? Warum benahm ich mich wie ein Trottel? Niemals zuvor hatte ich mich auf so einen Kindergartenmist eingelassen. Wieso nur ausgerechnet bei der Frau, die ich mit aller Gewalt auf Abstand halten wollte?

Als die Rothaarige sich umdrehte und ihre Titten an meinem Oberkörper rieb, sah ich, dass Adriano Bailey etwas ins Ohr flüsterte, woraufhin sie lächelte, die Hand ihres Partners ergriff und sich von der Tanzfläche ziehen ließ. Dabei schaute sie zu mir, betrachtete mich abschätzig, als sei ich in ihren Augen nur eine Bakterie. In der nächsten Sekunde war sie verschwunden.

Jetzt reichte es.

»Sorry, Schätzchen«, entschuldigte ich mich bei dem Tanzhäschen vor mir. »Ich muss los.«

Ohne auf ihre Antwort zu warten, verließ ich ebenfalls die Lounge. Der Kopf schwirrte mir, der Alkohol hatte mich voll im Griff. Doch ich war klar genug, um das, was Bailey mit diesem Mistkerl vorhatte, zu verhindern.

»Es war ein schöner Abend, Bailey«, hörte ich eine männliche Stimme. »Ich arbeite morgen nur bis zwei Uhr. Wollen wir uns dann treffen und etwas unternehmen?«

»Fand ich auch«, vernahm ich Bailey. »Da ich nicht weiß, welche Termine morgen geplant sind, kann ich es nicht genau sagen. Ich versuche ...«

»Sie wird es nicht schaffen«, unterbrach ich sie barsch und stellte mich zwischen die beiden, direkt vor diesen dunkelhaarigen Surfertypen. »Miss Wilson ist hier, um zu arbeiten, und nicht, um ihre Beine für irgendwelche Hotelangestellten breitzumachen.«

»Mr. Wright«, rief Bailey aufgebracht. Allerdings ignorierte ich sie, meine Aufmerksamkeit lag ausschließlich auf dem Sonnyboy.

»Sir?«, kam es verdutzt von Adriano.

»Wenn Sie Ihren Job behalten wollen«, knurrte ich, »sollten Sie sich andere Freunde suchen. Haben wir uns verstanden?«

»Ja, Sir.« Mir war bewusst, dass der Knilch mir am liebsten eine reingehauen hätte. Wäre ich an seiner Stelle, hätte ich das wohl ebenfalls getan. Doch das interessierte mich nicht, auch wollte ich nicht darüber nachdenken, wie beschissen ich mich gerade aufführte. Dass ich kein Recht zu alledem hatte, war mir ebenso klar, nur schob ich den Gedanken weit von mir weg.

»Dann ist gut«, fügte ich noch hinzu, drehte mich um, schnappte mir die Hand der zur Statue erstarrten Frau und zog sie hinter mir her, direkt durch den Sand zu den Hütten. Es war spät, Bailey gehörte ins Bett.

»Lassen Sie mich sofort los«, verlangte sie nach einigen Sekunden und versuchte sich von mir zu befreien. Je mehr sie sich wehrte, desto fester packte ich zu. »Was erlauben Sie sich eigentlich? Das können Sie nicht machen.« Sie wurde von Wort zu Wort immer lauter, wehrte sich stärker.

Abrupt blieb ich stehen und stellte mich ganz nah vor sie. Die Laternen der anderen Unterkünfte spendeten genügend Licht, sodass ich ihr schönes Gesicht betrachten konnte.

»Willst du wirklich den Ruf bekommen, leicht zu haben zu sein?«, herrschte ich sie an. Isabells Worte von vorhin hallten sekündlich in meinem Kopf. »Sobald du den ersten ranlässt, werden andere nachziehen. Du bist sowieso schon auffällig wie ein bunter Hund, jeder Kerl glotzt dich an. Willst du das tatsächlich?«

»Und wenn es so wäre, ginge es Sie nichts an, Mr. Wright«, motzte sie, noch immer in dem Versuch, meine Hand von ihrer zu lösen. »Sie sind nur mein Boss, nicht mehr und nicht weniger. Was ich in meiner Freizeit tue oder nicht, hat Sie überhaupt nichts anzugehen. Ich verbitte mir diese Behandlung.«

»Mag sein, dass mich das nichts angeht«, brummte ich. »Dennoch steht nicht nur dein Ruf zur Debatte, auch meiner und der meiner Firma. Ich möchte mir nicht anhören müssen, dass sich meine Assistentin während einer Geschäftsreise durch die Weltgeschichte vögelt.«

Ich sah es nicht kommen, spürte jedoch die Hand in meinem Gesicht, mit der Bailey mich soeben ohrfeigte. Damit hatte ich nicht gerechnet, wenngleich ich es verdient hatte.

Durch den Schock ließ ich von ihr ab. Diese Gelegenheit nutzte das Mädchen, drehte sich um und rannte davon. Es dauerte einen kurzen Moment, bis ich mich im Griff hatte und die Verfolgung aufnahm. Warum ich sie nicht einfach in Ruhe lassen konnte, würde womöglich für immer ein Rätsel bleiben.

Trotz ihrer hohen Schuhe war sie schnell, nur nicht schnell genug. Ich bekam sie am Oberarm zu fassen und wirbelte sie zu mir herum. In ihren Augen glitzerten Tränen. Mit meinen Worten schien ich sie mehr getroffen zu haben, als ich annahm.

Scheiße, was war nur los mit mir?

»Wenn Sie mich nicht sofort loslassen, schreie ich«, drohte sie mir. »Morgen werde ich abreisen. Meine Kündigung haben Sie schnellstmöglich auf Ihrem Tisch. Ich will nicht für jemanden arbeiten, der anderen das vorwirft, was er selbst so gut kann.«

»Wie bitte?«, hakte ich nach. Ich musste mich verhört haben.

»Sie, Mr. Wright, sind der größte Womanizer, den ich je zu Gesicht bekommen habe«, fing sie an. »Frauen sind für Sie nur für das Bett gut. Benutzen, dann weiterschicken. Für alles andere haben Sie keinen Schneid. In meinen Augen sind Sie ein ganz armes Würstchen. Wenn es nicht nach Ihrer Nase geht, behandeln Sie Menschen wie den letzten Dreck. Ich will das nicht mehr. Mit Ihnen möchte ich nicht weiter in Verbindung gebracht werden, denn Sie haben recht, ich habe einen Ruf zu verlieren. Einen guten Ruf. Und jetzt lassen Sie mich los, verdammt noch mal.«

Wahrscheinlich hätte ich sauer sein sollen, rumbrüllen müssen, diskutieren, irgendwas, doch nichts dergleichen tat ich. Ihre Worte trafen mich nicht einmal, vielmehr war ich von ihren Augen gefangen, in denen noch immer Tränen glitzerten.

Wer zum Teufel war dieses Mädchen? Was genau stellte sie bloß mit meinem Kopf an?

Lange dachte ich nicht nach, womöglich war ich dazu auch gar nicht mehr fähig, sondern beugte mich zu ihr hinunter und legte meine Lippen auf ihre.

Zuerst spürte ich ihre freie Hand auf meiner Brust, die Druck erzeugte, als wollte sie mich zurückschieben. Es dauerte nicht lange, bis sie verschwand, genau wie ihr Widerwille. Bailey erwiderte den Kuss, öffnete ihren Mund für mich und hieß meine Zunge willkommen.

Wir krallten uns aneinander fest, schienen nicht genug voneinander zu bekommen. Es hatte beinahe den Anschein, als wollten wir in die Seele des anderen eintauchen.

Unser Kuss war nicht sachte oder behutsam, nein, es war ein Kampf, dieser ewige Kampf zwischen uns, den wir von Beginn an führten.

Mit einem Mal hob ich sie hoch, und wie von allein schlang sie ihre Beine um meine Taille, hielt sich mit ihren Händen an meinem Nacken fest.

Kurz löste ich mich von ihr, schaute mich um und erkannte meine Hütte, die nur wenige Meter von uns entfernt lag. Ohne lange nachzudenken, kam Bewegung in mich; dieses Mal würde ich mich nicht zurückziehen können, dazu war ich nicht in der Lage. Hier und jetzt musste ich sie haben.

Die Idee, die sich vorhin in meinen Kopf geschlichen hatte – sie zu vögeln, um anschließend weiterzumachen wie sonst auch –, würde ich umsetzen. Meine innere Stimme warnte mich, dass es dieses Mal nicht so einfach werden würde wie sonst. Ich stimmte ihr zu, irgendetwas war anders, trotzdem zog ich mich nicht zurück.

Scheiß drauf, an die Konsequenzen oder an morgen wollte ich nicht denken. Was jetzt geschah, zählte, und gerade verspürte ich das Bedürfnis, mich tief in den Körper von Bailey Wilson zu versenken.

Kapitel 10

BAILEY

Es war falsch, ein Fehler, das wusste ich, und mein Unterbewusstsein mahnte mich, auszusteigen, bevor es zu spät war. Doch ich konnte nicht, wollte nicht auf die Warnung hören. Ich war sauer auf ihn, wütend, und gleichzeitig konnte ich Wesley nicht nah genug sein. Mehr, ich brauchte so dringend mehr von ihm, dass ich nicht in Worte fassen konnte, was genau ich eigentlich benötigte.

Er machte mich wahnsinnig, rasend vor Wut. Vorhin im Club hätte ich ihn am liebsten umgebracht, als er sich an der Rothaarigen rieb. Wie konnte er nur? Innerlich verdrehte ich die Augen.

Sosehr ich ihn für sein Verhalten verurteilen wollte, so musste ich mir den Schwarzen Peter ebenfalls zuschieben. Schließlich war ich es gewesen, die mit dem Spiel angefangen hatte. Gott, ich wollte ihn unbedingt eifersüchtig machen, wollte, dass er mich aus der Masse zog, über seine Schulter warf und mich fortschaffte.

Ich sollte aufhören, diese Liebesschnulzen zu lesen, zu denen meine Freundinnen mich immer zwangen.

Wobei, fast so ähnlich hatte es sich abgespielt, oder? Er hatte Adriano eine Ansage gemacht, die vollkommen überflüssig war, immerhin waren wir gerade dabei gewesen, uns voneinander zu verabschieden. Nichts anderes wäre geschehen. Um ehrlich zu sein, ich hätte es gar nicht gekonnt, weil mein Kopf ausnahmslos den Namen Wesley rief. Nur hatte ich einfach keine Ahnung, warum dem so war. Wir mochten uns nicht einmal.

Dachte ich zumindest, bis jetzt.

Während Wesley lief, obwohl er mich auf seinen Armen trug, konnte ich nicht aufhören, ihn anzusehen. Sein Gesicht war so schön, er war der schönste Mann, den ich je gesehen hatte, und heute Nacht würde ich bei ihm sein. Mein Gehirn schaltete sich von allein ab, ich hatte es satt, vernünftig zu handeln, und ich wollte erst recht nicht mehr weglaufen. Dieser Kerl weckte Empfindungen in mir, die für mich nicht greifbar waren, und ich hasste es, etwas nicht zu verstehen. Also war es an der Zeit, herauszufinden was das alles zu bedeuten hatte.

Leicht schwankend nahm Wesley die zwei Stufen zu seiner Hütte. Als wir das Häuschen betraten, kickte er die Tür hinter uns zu. Wenige Sekunden darauf wurde ich langsam heruntergelassen.

Wir schauten uns in die Augen, keiner konnte den Blick von dem jeweils anderen lösen. Wie in Zeitlupe beugte er sich zu mir herunter, nahm mein Kinn zwischen Daumen und Zeigefinger, neigte meinen Kopf weiter nach oben und legte seine Lippen auf meine. Unsere Zungen berührten sich kaum merklich, eher stupsten sie sich nur einige Male an.

Diesen sinnlichen Moment kosteten wir aus, bis Wesley den Kuss intensivierte, mich fast schon für sich vereinnahmte. Plötzlich befanden wir uns in einem leidenschaftlichen, fordernden Kuss, der mir fast den Boden unter den Füßen wegzog.

Meine Arme schlangen sich um seinen Hals, ich drückte mich noch näher an ihn heran, wobei das kaum mehr möglich war. Ich wollte ihn, mehr, als ich jemals etwas gewollt hatte.

Wesley drängte mich zurück, bis ich etwas Hartes in meinem Rücken spürte. Es musste sich um den Bettpfosten handeln.

Während wir uns immer intensiver küssten, knöpfte ich sein Hemd auf, um es ihm anschließend von den Schultern zu schieben. Wenn auch ungern, so löste ich meinen Mund von seinem, um seinen Oberkörper in Augenschein zu nehmen. Wie ich es vermutete, bestand er nur aus Muskeln. Es waren nicht so viele wie bei einem Bodybuilder, ganz und gar nicht. Wesley besaß ein Sixpack, Brustmuskeln, ein ausgeprägtes V und Oberarme, die ich womöglich nur umschließen konnte, wenn ich beide Hände benutzte. Jetzt konnte ich verstehen, wieso er so viel Sport trieb. Das Training zahlte sich aus.

Mit meinen Fingern streichelte ich über seine zarte, weiche und haarfreie Haut und spürte eine kleine Explosion in meinem Unterleib.

So gerne ich ihn berührte, mir reichte all das auf einmal nicht mehr aus. Ich musste ihn schmecken, spüren, alles von ihm nehmen, was er bereit war, mir zu geben.

Aus diesem Grund begann ich unruhig an seiner Hose zu nesteln, schaffte es endlich, seinen Gürtel zu öffnen, anschließend folgten die Knöpfe.

Mit der Zunge fuhr ich über seine nackte Brust, lutschte an seiner rechten Brustwarze, was ihm ein Stöhnen entlockte, bevor ich weiter nach unten glitt und dabei seine Hose und seine Shorts mit runterzog. Hockend starrte ich auf seinen steifen, harten und großen Schwanz, der genauso wunderbar aussah, wie er sich letztens angefühlt hatte. Mit meiner Hand umschloss ich seine Erektion, meine Zunge schnellte hervor, ich leckte über seinen Schaft, dann ließ ich sie der Länge nach über sein warmes Fleisch gleiten. Über mir hörte ich Wesley lauter atmen. In der nächsten Sekunde spürte ich seine Hände, mit denen er mir zärtlich durch das Haar strich. Noch immer widmete ich seinem Schwanz meine volle Aufmerksamkeit, nahm ihn in den Mund, schob ihn so weit in mich hinein, bis ich würgen musste, und ließ ihn wieder herausgleiten. Diese Prozedur wiederholte ich einige Male, bis ich mich ganz zurückzog und nach oben schaute. Wesley musterte mich, betrachtete mich auf eine Weise, die ich von ihm nicht gewohnt war, als würde er mich gerade wirklich wahrnehmen. Dieser Gedanke gefiel mir, auch wenn ich insgeheim wusste, dass es sich nicht so verhielt. Innerlich schüttelte ich den Kopf, an etwas Negatives wollte ich momentan nicht denken.

Erneut konzentrierte ich mich auf seine Härte, hob sie an und lutschte erst an dem rechten Ei, bevor ich das Gleiche mit dem linken tat.

»Das fühlt sich fantastisch an«, vernahm ich seine heisere Stimme. Nach wie vor berührte er mich zärtlich am Kopf, streichelte mir sogar gelegentlich über die Wange.

Abermals versenkte ich seinen Schwanz in meinem Mund, saugte und leckte, folterte ihn. Stetig steigerte ich das Tempo, wurde schneller, würgte, wenn die Spitze zu tief in meinen Rachen glitt. Tränen schossen mir dabei in die Augen, doch all das interessierte mich nicht.

»Bailey, hör auf«, stöhnte Wesley. »Ich stehe kurz davor, in deinen Mund zu spritzen.«

Noch nie zuvor hatte ich den Samen eines Mannes geschluckt. Bislang hatte ich mich davor geekelt, weshalb ich mich sonst immer frühzeitig zurückgezogen hatte. Nur jetzt wollte ich nicht aufhören, konnte es nicht, als würde mich mein zweites Ich dazu treiben, bis zum Äußersten zu gehen.

»Scheiße, Bailey«, brummte er. Mein Blick wanderte nach oben, während ich seinen Schwanz weiter verwöhnte. Wesley hielt seine Augen erst geschlossen, öffnete sie im selben Moment und unsere Blicke trafen sich. Wir sahen uns an, seine Nasenflügel blähten sich auf und dann war der

Moment gekommen. Er kam, knurrend, während ich seinen Samen schluckte, nichts daneben gehen ließ, alles aufnahm. Genau bestimmen, wie das helle Zeug schmeckte, konnte ich nicht. Es war herb, nicht süß, aber ganz gewiss nicht widerlich. Jedenfalls der von Wesley nicht.

Vorsichtig ließ ich seinen Schwanz aus meinem Mund gleiten, noch immer sahen wir uns an. Behutsam, als bestünde ich aus Porzellan, streichelte er mir abermals über die Wange, mir kam es so vor, als könnte er nicht aufhören, mich zu betrachten. Sein Daumen fuhr über meine Unterlippe, was ein weiteres Kribbeln in meinem Unterleib erzeugte.

Mit einem Mal wurde ich an den Schultern gepackt und auf die Füße gestellt. In der nächsten Sekunde lag ich mit dem Rücken auf dem Bett. Wesley ließ mir kaum Zeit, mich zu orientieren, da entledigte er mich auch schon meines Kleides. Der String folgte als Nächstes. Die Sandalen ignorierte er, anscheinend sollte ich sie anbehalten.

Daraufhin spreizte er meine Beine. Eigentlich hatte ich vermutet, er würde sich zu mir legen, nur tat er das nicht. Nein, er stand auf, stellte sich vor mich und schaute mich an, betrachtete jeden Zentimeter von mir. Ich bekam eine Gänsehaut.

»Du bist unglaublich schön«, sagte er. »Mit jeder Sekunde raubst du mir mehr meinen Verstand.« Er sprach nicht mit mir, sondern vielmehr zu sich selbst, jedenfalls kam mir das so vor. Dennoch trafen mich seine Worte mitten im Magen, wo die ewig schlafenden Schmetterlinge aufwachten und anfingen, umherzuflattern. Das wiederum war gar nicht gut, von Schmetterlingen war nie die Rede gewesen.

Bailey, pass bloß auf, drohte meine innere Stimme. Du spielst hier ein gefährliches Spiel. Sex ja, Gefühle nein.

Lange Gedanken darüber konnte ich mir nicht machen, da Wesley wie ein Raubtier auf mich zukam, sich auf das Bett kniete, sich anschließend zwischen meine Beine legte.

Er fühlte sich so gut an, seine Haut war warm, sein Körper beschützte mich vor allem Übel. Wenigstens für einen Moment.

»Willst du das hier wirklich, Bailey?«, fragte er flüsternd, während er erneut mit seinen Fingern über meine Wange fuhr.

»Ich wäre sonst nicht hier«, konterte ich leise, dabei hielt ich seinem Blick stand.

»Wir arbeiten zusammen«, meinte er. War er es, der Bedenken hatte? Seit wann war er denn so rücksichtsvoll, so lieb? Es gab Zeiten, da musste ich seiner aktuellen Bettgefährtin mitteilen, dass er sie nicht mehr sehen will. Und nun lernte ich eine andere Seite von ihm kennen. Oder war das seine Masche?

Ich war verwirrt.

»Jetzt gerade nicht«, gab ich ihm zu verstehen. »Wir sind in der Karibik, es ist Nacht, wir haben Feierabend.«

Für einen kleinen Augenblick schaute er mich noch an, als suchte er die Antworten, die er so dringend benötigte, in meinem Gesicht. Keine Ahnung, wie viel Zeit verging, Sekunden, vielleicht auch Minuten, als er sich zu mir herabbeugte und mich erneut küsste. Dieses Mal gab es keinen Wettstreit zwischen uns, keinen Krieg, vielmehr küsste er mich liebevoll, ein Versprechen für ... mehr.

Ich stöhnte in seinen Mund, krallte mich an seinen Schultern fest. Ginge es nach mir, hätte ich noch ewig mit ihm hier so liegen können. Nur leider löste Wesley sich von mir, begann, mir über das Kinn zu lecken, wanderte weiter hinab, bis er an meinem Brustansatz ankam. Nach und nach saugte er an meinen harten Nippeln, gelegentlich biss er sogar zu. Dieses Gefühl erzeugte Blitze in meinem gesamten Körper, ließ mich erzittern. Er verwöhnte und folterte mich gleichzeitig, und ich genoss es, liebte es, wollte, dass es niemals endete.

Stöhnend ließ ich den Kopf zurück in das Kissen fallen, als Wesley sich weiter hinabarbeitete, meiner feuchten Mitte immer näher kam. Einen Moment später spürte ich, wie er meine Schamlippen auseinanderschob, kurz darauf seine Zunge, die ganz langsam über meine Klit glitt. Laut atmend krallte ich mich in das Laken, konnte nicht fassen, wie wunderbar diese Empfindung war, die Wesley mich gerade spüren ließ.

Als er einen Finger in mich schob, bäumte ich mich auf, stöhnte, hatte das Gefühl, in wenigen Sekunden zu detonieren. Vorsichtig und sachte bewegte er sich in mir, nahm einen zweiten hinzu, dehnte mich. Während er in mich stieß, leckte er weiter an meiner Perle. Mein Gehirn war wie leer gefegt, nichts war mehr vorhanden außer der süßen Folter, der ich mich gerade hingab. Mein Stöhnen wurde lauter, ich wollte kreischen, doch ich hielt mich zurück.

Wesley erhöhte das Tempo, meine Finger krampften beinahe, als sich eine ungeahnte Spannung in mir ausbreitete. Mein Unterleib zog sich zusammen, schien in seine Einzelteile zerspringen zu wollen. Dann war der Zeitpunkt gekommen. Mich überrollte ein Orgasmus, wie ich ihn zuvor niemals erlebt hatte. Mein gesamter Körper bebte, ich hatte Schwierigkeiten, meine Atmung in den Griff zu bekommen.

»Dein Geschmack ist eine Offenbarung«, hörte ich Wesley sagen.

Wie durch ein Wunder schaffte ich es, meine Augen zu öffnen und dem schönsten Mann der Welt ins Gesicht zu sehen. Er schwebte über mir, küsste mich auf Nase, Wangen und Stirn, bevor er meinen Mund in Besitz nahm. Dabei schmeckte ich mich selbst, eine neue Erfahrung für mich. Das war bislang noch nicht vorgekommen. Es war verrucht, anders, seltsam und gleichzeitig berauschend. Um ehrlich zu sein, wollte ich mehr davon, wollte mehr von diesem Mann, den ich gestern noch gehasst hatte und der heute Schmetterlinge in meinem Bauch erzeugte. Wie schnell so was gehen konnte!

Wesley verwirrte mich, raubte mir meine Sinne, zog mich in seinen Bann. Nur war ich schlau genug, um zu wissen, dass ich solche Gedanken besser niemals laut aussprechen sollte, nicht bei jemandem wie Wesley Wright. Sie würden auf ewig mein Geheimnis bleiben, ich würde sie mit ins Grab nehmen, schließlich machte ich mir nichts vor ... Wenn die Nacht vorbei war, würde das zwischen uns enden. Und ich nahm mir vor, dass ich es war, die gehen würde. So viel Würde musste ich behalten, auf seinen Rauswurf wollte ich nicht warten. Damit würde er mich verletzen. Ich war nicht dumm, mir war klar, was die Schmetterlinge in meinem Bauch zu bedeuten hatten.

»Du denkst schon wieder, Kleines«, wisperte Wesley. »Dein Gehirn rattert, das kann ich sehen, fast schon hören.«

»Ich muss dich in mir spüren«, überging ich seine Äußerung. »Hast du ein Kondom?«

Wesley bewegte sich nicht, sondern schaute mich noch immer an. Irgendetwas hatte sich verändert, aber mein Gefühl war nicht greifbar. Er betrachtete mich anders als zuvor. Jedenfalls kam es mir so vor.

Bevor ich etwas sagen oder handeln konnte, war Wesley aus meinem Sichtfeld verschwunden. Umgehend fing ich zu frieren an. Nicht nur, weil mir sein Körper fehlte, vielmehr, weil er sich emotional von mir entfernt hatte, ohne dass ich es aufhalten konnte.

Meine Augen fingen zu brennen an, obwohl ich genau wusste, dass ich eine solche Emotion nicht zulassen durfte. Heute hatten wir Sex, morgen würden wir wieder miteinander arbeiten. Ganz einfach!

Natürlich, Bailey, wenn du das sagst. Ich schlug meine innere Stimme k. o. Sarkasmus konnte ich jetzt nicht gebrauchen.

Während Wesley sich ein Kondom aus der Tasche schnappte, ließ ich ihn nicht eine Sekunde aus den Augen. Mit den Zähnen riss er die Verpackung auf, rollte sich das Gummi über seinen abermals steifen Schwanz, bevor er zurück zu mir kam. Langsam kniete er sich zwischen meine Schenkel, küsste sich an meinem rechten Bein nach oben, dabei leckte er über meinen Bauch, meine Brüste, Hals und Kinn.

Ohne mich aus dem Blick zu lassen, griff er zwischen uns und führte seine Härte ganz langsam in mich. Im ersten Moment fühlte es sich unangenehm an, er war ziemlich groß und ich hatte schon ewig keinen Sex mehr gehabt. Deswegen kniff ich die Augen zusammen, versuchte, mich zu entspannen, während Wesley immer tiefer in mich glitt.

»Fuck, Baby«, stöhnte Wesley, woraufhin ich meine Lider wieder öffnete. »Du fühlst dich besser an, als ich es mir vorgestellt habe. Gott, bist du eng.«

Dann griff er unter meine rechte Kniekehle, öffnete mich noch weiter, zog sich ein wenig zurück und stieß zu. Ich schrie auf, vor Schmerz, vor Lust, vor Verlangen …

Meinen Hinterkopf presste ich in das Kissen, atmete laut. Als das Brennen verschwunden war, sah ich den Mann über mir an, der mich musterte, als wäre ich eine Offenbarung.

»Nimm mich«, war alles, was ich sagte, woraufhin Wesley seine Lippen erneut auf meine legte und mich beinahe um den Verstand küsste.

Ihn in mir zu haben, fühlte sich unbeschreiblich gut an. Fast schon perfekt.

Mit kreisenden Hüften begann er, sich zu bewegen, glitt beinahe aus mir heraus, nur um sich dann wieder vollends in mir zu versenken.

»Wesley«, stöhnte ich ihm in den Mund.

Wie ein Äffchen klammerte ich mich an seinem Hals fest, versuchte, seinem Rhythmus standzuhalten, als er sich stetig schneller bewegte. Es dauerte einen Moment, bis ich mich ihm anpassen konnte. Wenn ich es nicht besser wüsste, würde ich behaupten, wir schwebten.

Von Mal zu Mal stieß er härter in mich, erhöhte von Sekunde zu Sekunde das Tempo, rieb sich an mir. Außer unserem immer lauter werdenden Atmen und den klatschenden Geräuschen unserer aufeinanderprallenden Körper war nichts zu hören. Je mehr Wesley das Tempo anzog, desto näher kam ich der Klippe, über die ich in Kürze springen würde.

»Sieh mich an«, forderte Wesley von mir – und unsere Blicke trafen sich. »Ich will dich dabei beobachten, wenn du kommst.«

Schweiß war auf seiner Stirn erkennbar, auch meine Haut fühlte sich feucht an. Wir ergaben uns leidenschaftlichem Sex, der so viel mehr versprach als einen One-Night-Stand. Mein Herz wollte sich verkrampfen, doch ich drängte dieses Gefühl zurück, es hatte hier nichts zu suchen.

Fortwährend pumpte Wesley in mich, eine Art Elektrizität baute sich in meinem Unterleib auf, schien mich in seinen Stromkreislauf mit reinzuziehen und stieß mich über die Klippen.

Ich fiel, laut schreiend, als mich die nächste Welle überrollte. Nach zwei weiteren Stößen kam auch Wesley laut knurrend.

Erschöpft ließ er mein Bein los und brach auf mir zusammen. Seine Wange ruhte an meiner, ich spürte deutlich seinen schnellen Herzschlag und auch das Zucken, das durch seinen Körper fuhr.

Es dauerte eine Weile, bis wir uns beruhigt hatten. Mit den Fingerspitzen streichelte ich ihm über den nackten Rücken, was weitere Beben nach sich zog.

Langsam hob Wesley seinen Kopf, umschloss mit seinen Händen mein Gesicht; um mich nicht zu zerquetschen, stützte er sein Gewicht auf seine Unterarme, die er neben mich platzierte.

Immer wieder fuhr er mir mit den Daumen rechts und links über die Wangen. Ich traute mich kaum, Luft zu holen, weil ich mit so viel

Zärtlichkeit nicht gerechnet, ihm diese auch gar nicht zugetraut hatte.

Eigentlich hatte ich angenommen, er würde sich sofort zurückziehen, mich bitten zu gehen. Er tat es nicht. Das verwirrte mich noch mehr. Was war anders? Wieso war er so ... wundervoll? Weshalb machte er es mir so unglaublich schwer, die Schmetterlinge in meinem Inneren zu ignorieren?

Als könnte er in meinem Gesicht lesen, meine Überforderung erkennen, blinzelte er ein paarmal hintereinander, als würde ihm gerade erst bewusst, was wir soeben getan hatten. Umgehend veränderte sich sein Blick, er verhärtete sich, wurde kühler. Die Wärme, mit der er mich soeben noch betrachtet hatte, war verschwunden, und ich wusste genau, dass es zu Ende war. Es war vorbei.

»Wir sollten uns ausruhen«, meinte er mit harter Stimme und zog sich aus mir heraus. Dabei zuckte ich kurzzeitig zusammen, weil ich mich unten herum etwas wund anfühlte.

Nichtsdestotrotz wagte ich nicht, etwas zu sagen, sondern beobachtete Wesley nur dabei, wie er das Bett verließ, sich das Kondom abstreifte und im Bad verschwand.

Abermals brannten mir die Augen, mit aller Gewalt drängte ich die Tränen zurück, schließlich war ich keine Dramaqueen, und ich hatte von vornherein gewusst, dass es genau so ablaufen würde.

Leise, aber schnell klaubte ich meine Sachen zusammen, stieg in Windeseile in meinen String und schlüpfte in das Kleid.

Ohne mich zu verabschieden, verließ ich die Hütte und begab mich schnellen Schrittes zu meiner.

Obwohl es warm war, fror ich. Mit verschränkten Armen lief ich durch den Sand und war froh, als ich meine Unterkunft erreicht hatte.

Nachdem ich das Wohnzimmer betrat, schloss ich die Tür hinter mir ab und kniff meine Lider zusammen. Mit dem Rücken am Holz rutschte ich hinunter, bis ich auf dem Boden landete.

Auch wenn mir von Beginn an klar war, dass ich von Wesley nichts zu erwarten hatte, so musste ich leider zugeben, dass ich nicht so tough mit der Situation umgehen konnte, wie ich es annahm.

Die Schmetterlinge hörten nicht auf, umherzuflattern, das Herz schlug weiter wild in meiner Brust, und ich wusste, dass ich ganz große Probleme hatte. Probleme, mit denen ich niemals gerechnet hatte, weil es dafür keinen Anlass gab. Bis jetzt. Ich dumme Kuh hatte mich Hals über Kopf in Wesley Wright verliebt und hatte keine Ahnung, wie ich damit umgehen sollte.

Kapitel 11

WESLEY

Sie war weg. Bailey hatte sich aus dem Staub gemacht. Einerseits war ich sauer über ihr Verschwinden, andererseits auch dankbar.

Ich hatte mich gehen lassen ... *Wir* hatten uns gehen lassen. Verdammt, es hätte niemals dazu kommen dürfen, egal, wie plausibel meine Idee vorhin noch gewesen war.

Eigentlich hatte ich erwartet, nach dem Sex ganz normal weitermachen zu können, sie aus meinem Gehirn zu verscheuchen, mich auf das Wesentliche zu konzentrieren. Von wegen! Jetzt saß ich erst recht in der Scheiße. Bailey stellte irgendwas mit mir an, was ich nicht begriff und –

wenn ich ehrlich war – nicht begreifen wollte. Das alles war doch Schwachsinn.

Bailey war die Erste, bei der ich meine eigene Regel über Bord geworfen hatte in der Hoffnung, sie so vergessen zu können. Und was war geschehen? Jetzt hatte ich von ihr gekostet und bekam sie erst recht nicht mehr aus meinem Schädel. Ich war ein Narr, anzunehmen, sie vergessen zu können, sobald ich mich tief in ihr versenkt hatte.

Nichtsdestotrotz konnte ich das mit ihr nicht weiterführen, an einer Beziehung war ich nämlich nach wie vor nicht interessiert. Weder mit Bailey noch mit einer anderen. Meine Freiheit war mir heilig, ich mochte mein Singleleben. Trotz allem fühlte ich mich anders, spürte etwas tief in mir, was mir unbekannt war, zuvor noch nie empfunden hatte. Was genau das war, konnte ich nicht deuten. Vielleicht sollte ich es auch gar nicht erst versuchen. Das würde nur Komplikationen hervorrufen.

Wie es mit Bailey und mir weiterging, wusste ich nicht, das würde der morgige Tag zeigen. Jedenfalls nahm ich mir fest vor, mich nicht mehr in ihr Leben einzumischen, nicht so, wie ich es heute getan hatte. Entgegen meiner Natur hatte ich eine Frau beleidigt und einem Kerl gedroht, nur weil ich den Gedanken nicht ertrug, die beiden könnten etwas miteinander anfangen. Dieser Zorn, der sich tief in mir entwickelt hatte, war nicht von dieser Welt gewesen. Dazu sollte es niemals wieder kommen.

Seufzend begab ich mich zu der Kommode, zog aus der obersten Schublade frische Shorts und eine Jogginghose.

Nachdem ich mich angekleidet hatte, setzte ich mich draußen auf die oberste Stufe. Es war dunkel, nur der Mond spendete etwas Licht, sodass ich auf das Meer schauen konnte. Ich liebte das Rauschen der Wellen. Mein Blick ging nach links zu Baileys Hütte. Es brannte kein Licht, wahrscheinlich lag sie schon in ihrem Bett.

Erneut beobachtete ich das Wasser, für mich gab es nichts Beruhigenderes.

Ich schloss meine Augen, versuchte mich zu konzentrieren. Heute hatte ich die Kontrolle verloren. Es war erforderlich, einen Schlussstrich zu ziehen. Alles Weitere würde starke Konsequenzen nach sich ziehen, die vermieden werden mussten. Wir mussten lernen, mit dem, was zwischen uns geschehen war, professionell umzugehen, ansonsten sah ich keine Basis für eine weitere Zusammenarbeit. Eine Kündigung kam für mich nicht infrage, dennoch würde ich mir schnellstmöglich eine neue Assistentin suchen. Bailey musste zurück in Cadens Verantwortungsbereich, es gab keine andere Möglichkeit, außer auf Abstand zu gehen. Hier in der Karibik konnte und durfte ich mir keine weiteren Fehltritte erlauben, dafür hing beruflich einfach zu viel von der Reise ab.

In wenigen Stunden würde sich entscheiden, ob *Wright & Turner* den Millionen-Auftrag erhielt. Ich war guter Dinge, meine Arbeit war hervorragend, Isabell zufrieden. Das war die halbe Miete. Das Einzige, was mir in die Quere kommen könnte, war, dass die Hautington dafür eine Gegenleistung in Form von Sex erwartete. Da würde ich sie enttäuschen müssen, egal, wie sehr ich den Deal abschließen wollte. Auch ich hatte meinen Stolz.

Es war an der Zeit, zum alten Wesley zurückzufinden. Eine andere Wahl hatte ich nicht. Eine Frau hatte in meinem Leben keinen Platz. Jedenfalls nicht jetzt, auch nicht in nächster Zeit. Bailey Wilson ebenfalls nicht, egal, welche Gefühle sie in mir weckte.

Eines Tages, davon war ich überzeugt, würde Bailey verschwinden, ohne sich umzudrehen. Sie war jung, schön und klug. Momentan suchte sie das Abenteuer, später womöglich die große Liebe. Etwas, was ich ihr nicht geben konnte, schließlich vergab man sein Herz nur einmal. Meines hatte ich vor vielen Jahren an

Josephine verloren, und sie war es, die es mir gebrochen hatte. Es hatte lange gedauert, bis ich wieder klar denken konnte. An diesem Tag schwor ich mir, dass ich niemals wieder eine Frau an mich heranlassen würde ... niemals wieder einer Frau die Möglichkeit geben würde, mich zu zerstören. Das passierte mir nur einmal, auf eine Wiederholung konnte ich verzichten.

Am nächsten Morgen wachte ich um sieben auf. Ich fühlte mich ausgeruht und bereit, den Tag in Angriff zu nehmen.

Nachdem ich mich geduscht, gewaschen und rasiert hatte, stieg ich in eine saubere blaue Jeans sowie ein schwarzes kurzärmliges Hemd. Zum Schluss schlüpfte ich in die leichten Sneakers, die bei dem Wetter angenehm zu tragen waren. Meinen dunklen Haaren verpasste ich etwas Gel, schnappte meine Unterlagen sowie das Tablet und verließ die Hütte.

Mein Blick fiel auf die Uhr. Mittlerweile war es acht. Ich schaute zu Baileys Unterkunft, überlegte, ob ich sie wecken sollte, entschied mich allerdings dagegen. Sie würde dazustoßen, wenn sie ausgeschlafen war. Außerdem wollte ich sie von Isabell Hautington fernhalten, nach wie vor war ich der Meinung, dass meine Assistentin sich dieses Verhalten nicht bieten lassen musste. Hinzu kam, dass ich sie ebenfalls nicht dabeihaben wollte. Wenn sie mir nicht ständig vor der Nase herumtanzte, musste ich eventuell auch nicht andauernd an sie denken. Vielleicht würden dadurch sogar meine Kopfschmerzen endlich verschwinden.

»Guten Morgen, Mr. Wright«, begrüßte mich ein Kellner, dem ich freundlich zunickte. »Ihr Tisch ist bereits vorbereitet. Wenn Sie mir folgen möchten, Sir?«

Erstaunt über so viel Service folgte ich ihm an einen für drei Personen eingedeckten Tisch, der sich auf der Südseite befand, überdacht, an der frischen Luft. Herrlich.

»Das Büfett ist bereits eröffnet, Sir«, setzte der Kellner mich in Kenntnis. »Sollten Sie einen Wunsch haben, können Sie mich jederzeit ansprechen.«

»Vielen Dank«, sagte ich und legte meine Unterlagen auf den Tisch. Als ich mich gerade dem Büfett zuwandte, hielt ich in meinen Bewegungen inne.

Bailey.

Sie war bereits wach und stand seitlich mir zugewandt am Getränke-Tisch. Ihre langen blonden Haare hatte sie hochgesteckt, nur vereinzelte Strähnen hingen heraus und fielen ihr auf die nackten Schultern. Ihr heißer und verruchter Körper steckte in einem schwarzen, wadenlangen, trägerlosen Kleid, welches im Brustbereich eng anlag, wodurch ihre üppige Oberweite erheblich betont wurde. Unterhalb ihrer Brüste fiel der Stoff weit geschnitten auseinander. An ihren Füßen befanden sich Sandalen mit einem mittelhohen Absatz. Sie sah zum Niederknien aus.

Verdammte Scheiße, sie machte es mir nicht leicht.

Kurz schloss ich meine Lider, atmete einige Male tief ein und wieder aus, bevor ich sie öffnete und den Gedanken an sie und vor allem an die letzte Nacht abschüttelte.

Es durfte nicht sein. Fertig!

Langsam machte ich mich auf den Weg zu ihr, bislang hatte sie mich noch nicht entdeckt. Ich beobachtete, wie sie sich Kaffee in eine Tasse goss und dann die Zuckerdose in die Hand nahm. Nach dem sechsten Löffel hörte ich zu zählen auf. Ernsthaft? Wie konnte man Zuckerkaffee trinken und dann so aussehen wie diese Frau?

»Und das soll schmecken?«, durchbrach ich die Stille.

Bailey schrak zusammen, beinahe hätte sie die Dose fallen lassen. Anscheinend war sie in Trance gewesen.

Direkt vor ihr blieb ich stehen. Verfluchter Mist, war dieses Mädchen schön. Mein Magen drehte sich um, das Schlucken fiel mir unglaublich schwer.

»Mir schon«, antwortete sie und stellte den Zucker beiseite.

»Guten Morgen«, begrüßte ich sie und schüttete mir ebenfalls eine Tasse voll mit dem schwarzen heißen Getränk. Nur trank ich ihn ohne alles.

»Morgen«, sagte sie. In ihrer Stimme schwang kein Funken von Wehmut oder Verunsicherung mit. Sie hörte sich an wie immer. Auch ihr Blick, mit dem sie mich bedachte, hatte sich nicht verändert. Er wirkte weiterhin desinteressiert.

Wieso mich das nervte, konnte ich nicht mit Bestimmtheit sagen.

Mit mir stimmte ganz gewaltig etwas nicht.

»Gut geschlafen?«, hakte ich nach.

»Ja, sehr gut. Danke.« Sie nahm ihre Tasse in die Hand. »Und Sie?«

Sie? »Kann mich nicht beschweren«, murrte ich.

»Was ist heute geplant?«, wechselte sie das Thema. »Muss ich mich auf irgendetwas vorbereiten?«

»Wenn alles nach Plan läuft, werden die Verträge unterschrieben«, erklärte ich ihr genauso sachlich, wie sie sich verhielt. »Dann werden wir uns die Bauplätze ansehen und für die Arbeiten Vorbereitungen treffen. Da ich *Sie* dabei nicht brauche, können *Sie* sich den heutigen Tag freinehmen.« Die Anrede betonte ich extra. Weiß der Teufel warum.

»Sie ... Was?« Verwirrt musterte Bailey mich. Das konnte ich nachvollziehen, immerhin hatte ich sie mitgenommen, damit sie mich unterstützte – oder aus welchem Grund auch immer. Sie war hier und gut.

»Meine Aufgabe ist es, heute den Deal unter Dach und Fach zu bringen«, erklärte ich. »Der Auftrag steht noch auf wackeligen Beinen. Sollten wir ihn bekommen, können wir mit der Organisation beginnen. Doch dazu muss es erst einmal kommen.«

Ich wandte mich von ihr ab und marschierte zurück zu unserem Tisch. Sie war mir zu nah, ihr Duft stieg mir in die Nase, vernebelte mir das Hirn. Distanz war das Einzige, was gerade half.

Bailey war mir gefolgt, nahm mir gegenüber Platz und rührte mit dem Löffel in ihrem Zuckerkaffee.

»Gut, dann werde ich mir die Zeit eben anderweitig vertreiben.« Sie seufzte. »Sollte an solch einem Ort nicht schwer sein.«

Anderweitig vertreiben? Ich hoffte, sie würde sich in ihre Hütte setzen und lernen. Schließlich musste sie sich auf ihre Abschlussarbeit vorbereiten. Hörte ich mich gerade an wie ein Arsch? Ja, aber allein der Gedanke, sie könnte sich mit diesem Adriano oder einem anderen Sonnyboy treffen, ließ Übelkeit in mir hochsteigen.

»Wenn ich Sie brauche, werde ich Sie anrufen«, meinte ich.

»Mein Handy habe ich bei mir«, teilte sie mir mit.

»Auch eingeschaltet?«, zog ich sie auf.

»Ja, schließlich ist es unter der Woche«, erwiderte sie und zuckte mit den Schultern. »Es wird nur an den Wochenenden ausgestellt.«

»War ich tatsächlich so schlimm?«, wollte ich interessiert wissen. Bislang hatte ich das gar nicht auf dem Schirm. Brauchte ich sie, rief ich sie an. Ich war nun mal ein Arbeitstier.

»Schlimmer«, antwortete sie trocken, weshalb ich grinsen musste.

»Ich glaube, Sie übertreiben«, scherzte ich.

Zwar kam es mir falsch vor, sie zu siezen, dennoch tat ich es. Zum einen schien es ihr Wunsch zu sein, zum anderen schaffte es eine Barriere zwischen uns, und das war durchaus angebracht.

»Und ich glaube, Sie wissen genau, dass ich das nicht tue«, gab sie mir zu verstehen. Auch ihr Mundwinkel zuckte. »Ich hoffe, dass Ihre neue Assistentin ein dickes Fell besitzt. Anders wird sie es nicht mit Ihnen aushalten. Oder Sie vorher umbringen.«

Bei ihren Worten verschluckte ich mich beinahe an meinem Kaffee.

»Verspürten Sie den Wunsch, mich umzubringen, Miss Wilson?«, hakte ich nach.

Bailey lachte auf, dabei legte sie ihren Kopf zurück in den Nacken und präsentierte ihren langen, schlanken Hals, den ich gerade am liebsten mit meiner Zunge verwöhnen würde.

In meiner Hose wurde es eng. Fuck!

»Sie haben ja keine Ahnung«, sagte sie, nachdem sie sich ein wenig beruhigt hatte.

»Jetzt bin ich neugierig«, entgegnete ich und stützte, noch immer meine Tasse in den Händen haltend, meine Ellenbogen auf die Tischkante. Mein Blick ruhte ausnahmslos auf diesem schönen Geschöpf. »Sie hegen tatsächlich Gewaltfantasien, was mich betrifft?«

»Darauf werde ich nicht eingehen, Mister Wright«, entgegnete sie und hielt meinem Blick stand. »Die Antwort würde Ihnen nicht gefallen.«

Interessantes Gespräch, musste ich feststellen.

»Im Moment verspüren Sie aber keinerlei Bedürfnis, mich umzubringen, oder?« So was sollte man vorher besser mal erfragen. »Oder sollte ich nachts nur mit einem geschlossenen Auge schlafen?«

»Nein, derzeit müssen Sie sich keine Sorgen machen«, versprach sie.

»Da bin ich aber froh.« Ich schmunzelte. »Vielleicht, weil Sie mich nun mögen?«

Wieso zum Teufel flirtete ich schon wieder mit ihr? Schlauer wäre es gewesen, sich an die Arbeit zu machen und auf den heutigen Tag vorzubereiten. Aber ich konnte nicht aufhören, verspürte gerade den Wunsch, mich die nächsten Stunden nur mit ihr zu unterhalten, mehr über sie zu erfahren.

»So weit würde ich nicht gehen.« Bailey biss sich auf die Innenseite ihrer Wange, um ein Lachen zu unterdrücken. Ich versuchte gar nicht erst, mein Grinsen zu verstecken.

»Dann muss ich mich wohl ein bisschen mehr anstrengen«, schlug ich ihr vor.

»Diese Entscheidung obliegt ausschließlich Ihnen, Mr. Wright.« Bailey Wilson war eine kleine Hexe und sie flirtete mit mir genauso wie ich mit ihr.

Was auch immer wir hier spielten, es war ein gefährliches Spiel, das niemand von uns gewinnen konnte. Auch Bailey wusste das, so schlau war sie, doch sie ruderte ebenfalls nicht zurück. Einer von uns sollte klug handeln, nur wollte niemand den ersten Schritt wagen.

»Sie sind schon wach?«, unterbrach uns Isabell Hautington. Sofort erhob ich mich, streckte ihr meine Hand entgegen, welche die Blondine ignorierte, mir dafür einen Kuss auf die Wange gab.

Warum auch immer, aber mein Blick glitt umgehend zu Bailey, die ihre Augen kaum merklich verengte, den Kopf senkte und von ihrem Zuckerkaffee trank. Anscheinend gefiel ihr Isabells Begrüßung nicht, was für mich nichts anderes hieß, als dass sie mich womöglich doch mehr mochte, als sie zugeben wollte.

Diese Vorstellung gefiel mir besser, als sie sollte.

»Miss Wilson«, sagte Isabell an Bailey gewandt. »Sie sehen nett aus.«

»Danke, Miss Hautington«, säuselte die kleine Hexe. »Das Kompliment gebe ich gerne zurück.« Daraufhin stand sie auf und stellte ihre Tasse auf den Tisch. »Ich habe großen Hunger, die letzte Nacht war anstrengend.« Erstaunt über ihre Kühnheit hob ich eine Braue und hätte mich beinahe an meiner eigenen Spucke verschluckt. Baileys Blick lag ausschließlich auf Isabell. »Sie kennen das sicherlich. Kann ich Ihnen etwas Obst mitbringen, Miss Hautington?«

Isabell hatte augenscheinlich nicht mit so einer Antwort gerechnet, mehrmals hintereinander öffnete sie ihren Mund, offensichtlich, um zu kontern. Es fiel ihr wohl nichts Passendes ein, sie sagte nämlich nichts. Dafür setzte sie ein falsches Lächeln auf. Diese Frau war mit Vorsicht zu genießen, das wurde mir immer klarer.

»Nein, danke, Miss Wilson«, gurrte sie in meine Richtung. »Ich esse morgens nie.«

Abermals verdrehte Bailey die Augen, wandte sich ab und lief zum Büfett. Dieses Mädchen sollte gefeiert werden. Ich mochte ihre Art, sie ließ sich von niemandem unterkriegen, geschweige denn einschüchtern.

»Setzen wir uns?«, fragte Isabell und nahm direkt neben mir Platz.

Auch ich ließ mich nieder, versuchte mich auf meine potenzielle Neukundin zu konzentrieren, die ich, zugegeben, immer weniger ausstehen konnte.

Als ich sie in den Staaten kennenlernte, hatte ich tatsächlich gedacht, sie sei in Ordnung. Eine schöne Geschäftsfrau, die mit beiden Beinen im Leben stand und den Traum ihrer Eltern weiter vorantrieb. Natürlich waren mir ihre Flirtversuche nicht entgangen, aber sie hielten sich in Grenzen. Die Nächte, die wir zusammengesessen hatten und über das Projekt sprachen, waren souverän abgelaufen. Deswegen erstaunte es mich, wie sie sich in ihrer Welt verhielt und gab.

Aber nun gut. Ich musste sie nicht mögen, sondern nur für sie arbeiten. Nicht mehr und nicht weniger.

Bailey stieß wenige Minuten später wieder zu uns. Ihr Teller war voll mit Rührei, Brot Käse und Butter. Innerlich musste ich laut lachen. Sie war wirklich außergewöhnlich.

Isabell betrachtete den gefüllten Teller eher verständnislos, vielleicht auch ein bisschen neidisch. Allerdings sagte sie nichts.

»Nun, heute wird wohl ein arbeitsintensiver Tag werden«, kam es von Isabell. »Ich freue mich schon, Ihre Visionen mit meinen zu kombinieren. Das wird aufregend.«

»Davon bin ich überzeugt«, erwiderte ich.

»Mein Bauchgefühl sagt mir, dass Sie meine Wünsche punktgenau umsetzen werden, Wesley.« Ihre Hand legte sich wie selbstverständlich auf meinen Unterarm, der auf dem Tisch ruhte. Diese Geste entging Bailey ebenfalls nicht, als sie sich eine Ladung Rührei in den Mund schob. »Was meinen Sie dazu, Miss Wilson?«

»Wozu?«, hakte meine Assistentin nach.

»Ich möchte Ihre ehrliche Meinung zu Wesley Wrights Arbeitsweise haben«, verlangte Isabell und in ihrem Gesicht spiegelte sich keine Belustigung wider. Sie wollte tatsächlich hören, was Bailey dazu zu sagen hatte.

Na, jetzt war ich gespannt.

»Nun«, fing sie an und legte ihre Gabel beiseite. Zuerst betrachtete sie mich, anschließend Isabell, bevor sie tief Luft holte. »Es gibt einen Grund, warum ich mich damals für die Stelle bei *Wright & Turner* entschieden habe. Praktikumsplätze, passend zu meinem Studium zur Innenarchitektin, gibt es zuhauf. Allerdings ist bekannt, dass nicht alle bezahlt werden, die meisten Unternehmen suchen nur eine billige Arbeitskraft. Von Mr. Wright und Mr. Turner erhalte ich ein angemessenes Gehalt. Was mich aber bei *Wright & Turner* überzeugt hat, war, dass beide Geschäftsführer sich mit vierundzwanzig als No-Name-Architekten selbstständig gemacht haben und anderen Konzernen die Stirn boten. Innerhalb von nur fünf Jahren haben sie sich auf dem Markt behauptet. Diese Geschichte hat mich beeindruckt und war ein großer Aspekt dafür, die Stelle anzunehmen.«

»Das hört sich interessant an«, meinte Isabell und schaute mich an. Warum auch immer, aber irgendwie hegte ich den Verdacht, sie wüsste all das bereits. Was nicht schwierig war, unsere Vita war im Internet nachzulesen. Ob sie Bailey nur testen, sie vor mir blamieren wollte? Mir war nicht ganz klar, was sie bezweckte. Sollte es sich tatsächlich so verhalten, spielte sie wohl mit der Falschen dieses Spiel, was sie anscheinend selbst gerade merkte. Nun war es nämlich Isabell, die ihre Lider verengte, sich von mir abwandte und Bailey abermals betrachtete. »Und wie stehen Sie zu den Arbeiten Ihres Chefs?«

Mein Gefühl täuschte mich nicht. Sie forderte Bailey heraus, hatte vor, sie zu verunsichern. Dummerweise war meine Mitarbeiterin überhaupt nicht der Typ, sich in eine Ecke drängen zu lassen, in die sie nicht wollte.

»Um ehrlich zu sein, Miss Hautington«, sprach Bailey weiter. Nicht für einen Moment sah sie mich an, dafür konnte ich meinen Blick nicht von ihr lassen. Es war, als zöge sie mich mit ihrer Magie in ihren Bann. Mich würde es nicht wundern, wenn sie tatsächlich eine Hexe war. »Die Arbeiten von Mr. Wright erstaunen mich von Mal zu Mal mehr.« Diese Aussage überraschte mich. Mir war nicht bekannt gewesen, dass sie sich für meine Projekte überhaupt interessierte. »Ein Gebäude hat es mir aber besonders angetan. Ich liebe es und muss regelmäßig hinfahren, um es zu betrachten. Manches Mal sitze ich stundenlang davor, auf einer Bank, und kann nicht aufhören, es anzustarren.« Wie ein Idiot hing ich an ihren Lippen. Ich hätte ihr ewig zuhören können. Gerade mutierte ich zur Pussy, keine Frage, aber ich konnte mich nicht dagegen wehren. »In der Uni lerne ich viel über Gebäude großer Architekten. Vor wenigen Monaten sollte ich eine Projektgruppe leiten. Die Aufgabe bestand im Wesentlichen darin, einen Architekten vorzustellen, der Besonderheiten in seinen Arbeiten aufweist. Dahingehend brauchte ich nicht lange zu überlegen und nahm jenes Gebäude, das mir so unglaublich viel bedeutet. Dabei handelt es sich um ein Clubhouse-Restaurant über drei Etagen in der Nähe des Rockefeller Centers.«

Mir fiel die Kinnlade auf den Tisch. Das Haus, über das sie sprach, war ebenfalls mein Lieblingsprojekt. Und ist es noch heute. Kein anderer Auftrag danach hatte mir jemals das Gefühl gegeben, das ich verspürte, als ich an *The Prominate* arbeitete. So hatte mein Kunde das Projekt getauft. Es war mein erster Auftrag gewesen mit *Wright & Turner*. Auch ich fuhr regelmäßig an dem Haus vorbei, einfach, um es mir anzusehen.

»Was macht es so einzigartig?«, stellte Isabell die nächste Frage.

»Es sind die Einzelheiten«, schwärmte Bailey, sie schien zu träumen. »Diese kleinen Details. Hier erkennt man, dass das Gebäude aus dem Herzen heraus entstanden ist. Meinen Recherchen zufolge hat der Auftraggeber Mr. Wright freie Hand gelassen, ihm nur einige Eckdaten gegeben, wie es am Ende auszusehen hatte. Nun, und diese Aussage hat Mr. Wright sich zu eigen gemacht und gezeigt, was er wirklich kann. Die Struktur, das Farbenspiel, der Stuck, die schrägen Fenster, die Rahmenlinien. Im Inneren ist es wie ein Palast und doch erschlägt es keinen. Einladend, aber nicht einschüchternd. Damals hat Mr. Wright nicht nur die Planung des Gebäudes übernommen, sondern auch die Innenarchitektur. Als ich mit meiner Gruppe das Projekt vorstellte, teilte mir mein Professor mit, dass Mr. Wright ebenfalls bei ihm studiert hatte und ihm schon damals klar war, dass er eines Tages zu einem der besten Architekten werden würde, den die Staaten je gesehen haben.«

Bailey holte tief Luft, meine war mir abhandengekommen, keine Ahnung wann. Gerade verspürte ich den Drang, sie in den Arm zu nehmen.

Ich war erstaunt, dass sie sich mit meinen Werken so intensiv auseinandergesetzt hatte. Nicht ein Mal hatte sie mich darauf angesprochen, um Hilfe gebeten, sondern eigene Recherchen angestellt. Bislang war ich davon überzeugt gewesen, dass es sie nicht interessierte, was ich tat. Doch ich hatte mich getäuscht, nicht nur in dieser Hinsicht.

Was mir gerade aufging, war, dass ich Bailey Wilson komplett falsch eingeschätzt hatte. Mochte sein, dass sie arrogant war, doch eine andere Möglichkeit hatte ich ihr nie gelassen. Um sich mit mir auf eine Stufe stellen zu können, musste sie ihr Haupt höher tragen. Sonst wäre sie bei mir untergegangen. Die Kleine besaß nicht nur Leidenschaft im Bett, sondern auch im Beruf.

Sie wusste, was sie wollte, und holte sich, was sie brauchte. Diese Frau ging nicht über Leichen, sie war eine Macherin. Und ich besaß ihre Anerkennung, was mich stolz machte.

»Um es auf den Punkt zu bringen …«, fuhr Bailey fort. »Sollten Sie Mr. Wright den Auftrag erteilen, werden Sie diese Entscheidung keinesfalls bereuen. Das verspreche ich Ihnen. Hätte ich das Geld und Ihre Visionen, käme für mich kein anderer Architekt infrage als Wesley Wright. Seine Passion ist die Architektur und genau so jemanden benötigen Sie, Miss Hautington.«

»So, wie Sie von Ihrem Chef schwärmen, könnte man annehmen, Sie seien in ihn verliebt«, platzte es aus Isabell heraus, womit sie mich zurück ins Hier und Jetzt katapultierte. Hatte sie das gerade tatsächlich laut gesagt? Anscheinend, denn sie lachte, als sei diese Vorstellung geradezu lächerlich.

Ich schaute zu Bailey. Ihr Gesicht verschloss sich, von der Träumerei war nichts mehr zu sehen. Sie wirkte sauer, was ich nachvollziehen konnte.

»Nein, ganz und gar nicht«, meinte meine Assistentin und legte ihre Serviette beiseite. »Aber: Ehre, wem Ehre gebührt. Ich muss niemandem Honig ums Maul schmieren, um zu punkten. Das weiß keiner besser als Mr. Wright selbst. Ich bin aus dem Alter raus, Geschichten zu erfinden, um meine Gefühle zu präsentieren. Sie haben mich nach meiner Meinung gefragt, ich habe sie Ihnen geschildert, Miss Hautington. Und jetzt entschuldigen Sie mich, ich habe noch etwas zu klären.«

Damit stand sie auf, wandte sich ab und verließ den Tisch.

»Ich glaube, Ihre Mitarbeiterin versteht keinen Spaß«, kam es ironisch von Isabell. »Dafür hat sie einen ausgezeichneten Geschmack in puncto Männer.«

»Und ich denke, dass Sie diese Anspielung auch nicht aus Spaß gemacht haben, oder?«, konterte ich und folgte ihrem Blick.

Ernsthaft?

Bailey machte sich auf den Weg zu Adriano, der am anderen Ende des Saals mit einem Tablett in der Hand stand. Wollte sie mich verarschen?

»Sie haben recht, Wesley«, holte Isabell mich aus meiner Trance. »Es war kein Scherz. Aber Mädchen wie Miss Wilson sollten lernen, wo ihr Platz ist. Es fällt jedem auf, wie verliebt die Kleine Sie betrachtet. Sie kann noch so sehr versuchen, es zu verstecken, sie schafft es nicht.«

»Ich denke, Sie irren sich, Isabell.« Ihre Worte fegten durch mein Gehirn wie ein Wirbelsturm. Bailey in mich verliebt? Niemals. Das konnte ich mir weiß Gott nicht vorstellen.

»Wenn Sie das sagen.« Isabell erhob sich. »Was halten Sie davon, wenn wir uns um zwölf treffen? Dann könnten wir mit der Besichtigung anfangen.«

»Ich werde im Foyer auf Sie warten«, stimmte ich zu und schaute der Blondine hinterher, bis sie aus meinem Sichtfeld verschwunden war. Danach betrachtete ich erneut Bailey, die sich nach wie vor mit Adriano unterhielt.

Unbändige Wut bildete sich in meinem Magen, jene, die ich nie wieder spüren wollte. Was Bailey betraf, so hatte ich mir fest vorgenommen, sie auf Abstand zu halten. Während der Unterhaltung mit ihr hatte mein Vorhaben Risse bekommen, doch jetzt war ich fest entschlossen, die Distanz zu ihr zu wahren. Ich konnte mir nicht leisten, den Fokus zu verlieren. Hier ging es um alles oder nichts. Man muss Prioritäten setzen, und die lagen bei mir auf der beruflichen Ebene.

Bailey war nur meine Assistentin, meine Mitarbeiterin, mit der ich gevögelt hatte. Nicht mehr und nicht weniger.

Fuck!

Kapitel 12

BAILEY

»Es tut mir wirklich unglaublich leid, was da gestern passiert ist«, entschuldigte ich mich abermals bei Adriano. »Ich hätte nicht damit gerechnet, dass es so eskaliert.«

Es war mir ein Bedürfnis, mich bei Adriano, der sich die ganze Zeit wie ein Gentleman verhalten hatte, zu entschuldigen. Zwar war ich nicht die Verursacherin der peinlichen Situation gewesen, sondern Wesley. Dennoch musste ich die Zügel in die Hand nehmen, mein Chef würde das niemals tun.

»Geht dein Boss immer so ab?«, wollte der gut aussehende Mann vor mir wissen.

»Nein, eigentlich nicht«, antwortete ich wahrheitsgemäß.

»Es war nicht deine Schuld, Bailey«, meinte Adriano und seufzte. »Aber es wäre besser, wenn wir uns nicht mehr sehen, geschweige denn unterhalten. Dein Chef kann mir Schwierigkeiten bereiten, und ich nehme an, geht es um dich, wird er das auch tun.«

»Was meinst du damit?«, erkundigte ich mich verwirrt. »Er interessiert sich überhaupt nicht für mich. Ich arbeite nur für ihn.«

Gut, wir hatten miteinander geschlafen, allerdings würde ich jede Wette eingehen, dass ihm die Zeit mit mir nicht so viel bedeutet hatte wie mir.

Zu meinem Leidwesen musste ich nämlich zugeben, dass ich mich gestern in den Schlaf geweint hatte. Keine Ahnung, wann ich das letzte Mal Tränen verloren hatte; ich glaube, an dem Tag, als meine Mom starb. Wegen irgendwelcher Kerle heulte ich nicht, hatte ich noch nie. Gestern Nacht war mein erstes Mal.

In mir kam sogar der Drang auf, Pixie, Lea oder Jamie anzurufen – ich hatte es mir verkniffen. Was hätte ich ihnen auch sagen sollen? Bislang waren sie davon ausgegangen, dass ich *Satan* nicht ausstehen konnte. Jetzt müsste ich ihnen gestehen, dass ich mich in ihn verliebt hatte.

Wann es geschehen war, wusste ich nicht. Meine Gefühle hatten sich nach unserem ersten Kuss verändert. Allerdings war das vollkommen naiv, oder? Wer verliebte sich denn nach dem ersten Kuss? Kein Mensch.

»Bailey?« Adriano tippte mich an der Schulter an, wodurch ich aus meiner Trance geholt wurde.

»Hm?«, war alles, wozu ich fähig war. Kein Wort wollte über meine Lippen kommen.

»Wo warst du?«, erkundigte er sich und seufzte abermals. »Hör mal, es ist besser, wenn wir uns aus dem Weg gehen. Dein Boss glotzt schon wieder hier rüber, und mir kommt es so vor, als hat er nicht minder Lust mich gleich zu erschießen.«

Wie von selbst drehte sich mein Kopf zu unserem Tisch, an dem Wesley allein saß; von der Hautington war weit und breit nichts mehr zu sehen. Und ja, Adriano hatte recht: Wenn Blicke töten könnten, würden wir wohl auf der Stelle beide umfallen.

»Ich weiß nicht, was er für ein Problem hat«, murmelte ich und musterte erneut Adriano.

»Nun, ich hätte da eine Vermutung«, wurde er kryptisch. »Aber das ist nicht meine Baustelle.«

»Wovon sprichst du?« Warum konnte er nicht einfach sagen, was er dachte? Ich hasste solche Andeutungen.

»Es steht mir nicht zu, über so etwas mit dir zu sprechen.« Zwar kannte ich Adriano erst seit gestern, allerdings hatte er sich in den wenigen Stunden von einem lockeren netten Kerl zu einem sachlichen Kellner verändert. Und schuld daran war nur Wesley Wright. »Hör mal, Bailey, ich will keine Schwierigkeiten und ich brauche diesen Job hier ganz dringend. Wären die Umstände anders, hätte ich dich umworben. Du bist eine wunderschöne und nette Frau, aber wir sollten uns aus dem Weg gehen. Es war mir wirklich eine Freude, deine Bekanntschaft gemacht zu haben. Ich wünsche dir alles Gute.«

»Ist das jetzt echt dein Ernst?«, wollte ich schockiert wissen. »Wir dürfen nicht mehr miteinander reden, weil mein Chef ein Arsch ist?«

»Ich bin auf das Geld angewiesen, das ich hier verdiene.« Adriano schnaubte. »Tut mir leid, Bailey. Mach's gut.«

Er wandte sich ab und ließ mich einfach stehen. Gerade war ich davon überzeugt, im falschen Film zu sein.

Mein Blick wanderte zu Wesley, der nach wie vor am Tisch saß. Mittlerweile arbeitete er, er hielt sein Tablet in der Hand. Am liebsten hätte ich es ihm über den Kopf gezogen.

Ich war so unglaublich wütend. Auf ihn ... auf mich ... auf die Situation.

Mit mir und meinen Gefühlen vollkommen überfordert begab ich mich zurück zu meinem Platz, setzte mich hin und wurde noch wütender, als mir aufging, dass mein Rührei nun kalt sein dürfte.

»Abfuhr erhalten?«, kam es provozierend von Wesley.

»Ist doch genau das, was Sie bezwecken«, warf ich ihm vor. »Wahrscheinlich wird niemand mehr mit mir reden, weil die Leute Angst um ihre Jobs haben müssten.«

»Das sollten sie auch haben«, gab er mir zu verstehen.

»Was zum Teufel willst du eigentlich von mir?«, schnauzte ich ihn an, wenn auch leise. Musste ja nicht jeder mitbekommen.

»Jetzt sind wir wieder beim du?«, wurde er sarkastisch. »Was ich will, ist, dass du dich professionell benimmst und aufhörst, den Kerlen hier reihenweise einen Ständer zu bescheren.«

»Das hat dich heute Nacht auch nicht gestört«, wurde ich direkt.

»Vorsichtig, Bailey«, warnte er mich.

»Verstehe ich das richtig?« Mehrmals hintereinander atmete ich ein und wieder aus. Gott, ich war so unglaublich sauer. »Du hast das Recht, mich zu vögeln, ein anderer aber nicht. Natürlich darfst du auch mit allen Frauen flirten, vorzugsweise mit der Dumpfbacke Hautington. Mir jedoch verwehrst du jeglichen Spaß. Ist das in etwa richtig zusammengefasst?«

»In etwa«, stimmte er auch noch hochnäsig zu.

»Du hast kein Recht, mich so zu behandeln«, gab ich ihm zu verstehen. Meine verdammten Augen fingen schon wieder zu brennen an. Was sollte der Mist? »Eine gemeinsame Nacht, ein One-Night-Stand, ein Ausrutscher, gibt dir keinerlei Macht über mich.«

»Du vergisst dich«, mahnte Wesley mich.

Bevor ich noch schlimmere Dinge sagte, die ich nicht zurücknehmen konnte, stand ich abermals auf. Ich musste fort, bevor ich mich vergaß, womöglich sogar noch anfing zu weinen.

»Ich werde selbstverständlich tun, was immer Sie von mir verlangen, Mr. Wright«, sagte ich deutlich und mit einer guten Portion Hass in der Stimme. »Sollten Sie mich brauchen, meine Handynummer ist Ihnen ja bekannt.«

Ohne auf seine Erwiderung zu warten, drehte ich mich um und verließ das Restaurant. Dabei schaute ich niemanden an, keiner sollte sehen, dass ich kurz davorstand, die Fassung zu verlieren. Am liebsten hätte ich geschrien, getrampelt und Rotz und Wasser geheult.

Ich war so unglaublich dumm gewesen. Ein einziges Mal in meinem Leben hatte ich mich fallen lassen, nicht nachgedacht, mit dem Bauch entschieden und nicht mit dem Kopf. Und was hatte ich nun davon? Ich saß in der Scheiße, hatte mich verliebt und keinen Plan, wie ich da wieder herauskommen sollte. Wenn ich nicht so schwach gewesen wäre, hätte ich Wesley gestern Abend in seine Schranken gewiesen, meine Emotionen zurückgedrängt und wäre in meine Hütte gegangen. Dummerweise hatte mein ganzes Sein nach Wesley Wright geschrien und ich keine andere Wahl, als mich diesem Mann, der mir meinen Verstand raubte, hinzugeben. Obwohl ich sauer war, wollte ich mich noch immer in seine Arme werfen, mich von ihm auffangen lassen. Er hatte meine Zuneigung definitiv nicht verdient.

Weil mich meine Schuhe im Sand störten, zog ich sie aus und marschierte weiter. Ich wollte nur noch weg, vorzugsweise zurück nach New York, zu meinen Freundinnen, bei denen ich mich anständig auskotzen konnte. Sie würden mir den Kopf wieder zurechtrücken. Auf meine Mädels war Verlass. Leider war das nicht möglich. Für ein paar Tage saß ich hier noch fest, und ich nahm mir vor, diese so souverän wie möglich hinter mich zu bringen.

Ich war Bailey Wilson. Wäre doch gelacht, wenn ich das nicht hinbekam.

Gegen fünf am Nachmittag öffnete ich meine Augen. Das passte mal wieder zu mir: das erste Mal in der Karibik und ich verschlief den gesamten Tag. So was dürften meine Freundinnen niemals erfahren, sie würden mich allein dafür erschlagen.

Allerdings war es noch nicht zu spät, draußen war es hell, die Sonne schien und der Strand war so gut wie leer. Bis auf eine Handvoll Gäste war zu dieser Jahreszeit hier nichts los.

Ein Blick auf mein Handy zeigte mir, dass mich niemand versucht hatte anzurufen. Schon gar nicht Wesley. Es waren auch keine Nachrichten eingegangen. So wie es aussah, brauchte er mich überhaupt nicht mehr. Wieso auch? Mich hatte er letzte Nacht, vielleicht war heute die Hautington an der Reihe. Wundern würde es mich nicht.

Schnaubend schob ich mich aus dem Bett. Es brachte alles nichts. Ob ich über ihn nachgrübelte oder nicht, es würde nichts an der Situation ändern. Vielmehr sollte ich mir eine Lösung einfallen lassen, wie es weitergehen sollte. Konnte ich noch für ihn arbeiten? Sollte er eine neue Assistentin finden, könnte ich trotzdem für seine Firma tätig bleiben? Wie würde unser Verhältnis werden? Fragen, auf die ich keine Antworten hatte.

Aus der obersten Schublade der Kommode griff ich nach dem lilafarbenen Bikini und zog mich anschließend aus, um in den ziemlich knappen Stoff zu steigen. Das Oberteil saß ein wenig eng, doch es verdeckte alles, was es zu verdecken galt.

Scheiß drauf!

Ich stieg in die Flipflops, schnappte mir mein großes Strandtuch und verließ die Hütte.

Ein paar Meter lief ich am Strand entlang, bis ich an einem Fleckchen ankam, wo niemand war. Das Tuch breitete ich auf dem warmen Sand aus und machte mich langsam auf den Weg zum Wasser. Zuerst stellte ich nur die Füße in das warme Nass, dann ging ich immer weiter hinein, bis ich untertauchen konnte. Einige Sekunden blieb ich unter Wasser, bis ich wieder an die Oberfläche glitt.

Hier war das reinste Paradies.

Nach ein paar Metern machte ich kehrt und stellte mich in die Brandung. Die Wellen schlugen gegen meine Beine und schafften es fast, mich umzuwerfen. Versonnen betrachtete ich das Meer.

Was Wesley und Miss Hautington wohl gerade trieben? Arbeiteten sie noch oder hatten sie sich bereits ein kuscheliges Plätzchen gesucht? Allein die Vorstellung, sie könnten sich angenähert haben, verursachte Brustschmerzen bei mir. Darüber wollte ich nicht nachdenken, hoffte, ich würde es niemals erfahren, sollte es so sein.

Wahrscheinlicher war es aber, dass Isabell Hautington meine Abwesenheit gänzlich ausnutzte und endlich zum Angriff überging. Sie wollte Wesley, das machte sie von Mal zu Mal klarer, und auch meinem Boss konnte das nicht entgangen sein.

Diese Frau hatte sich nicht mal ansatzweise die Mühe gemacht, ihre Abscheu gegen mich zu unterdrücken, sondern stichelte, wo sie nur konnte. Vor allem gab sie mir mit jeder Geste zu verstehen, dass ich nichts wert, nur eine arme kleine Studentin sei, die in ihrem Revier wilderte. Mich störte es gar nicht mal, dass sie ihr Gift in meine Richtung versprühte. Was mir zusetzte, war, dass Wesley es zuließ. Bislang hatte er nichts dazu gesagt, nicht einmal für mich Partei ergriffen. Ja, er brauchte diesen Auftrag, es ging um eine Menge Geld. Er war mir auch nichts schuldig, dennoch war er mein Chef. So egal konnte ich ihm nun wirklich nicht sein, oder?

So, wie Sie von Ihrem Chef schwärmen, könnte man annehmen, Sie seien in ihn verliebt. Dieser Satz dröhnte in einer Tour durch meinen Kopf. Wie konnte sie es wagen, so etwas laut zu sagen? Damit hatte sie mich für einen Moment aus der Bahn geworfen, wenngleich ich das nicht zulassen wollte. Meinen Schock konnte ich leider nicht verstecken, egal, wie sehr ich es auch versuchte.

Was Wesley wohl in diesem Moment gedacht hatte? Kurz schloss ich die Augen. Wahrscheinlich war ihm kotzübel geworden, bereute es, mit mir geschlafen zu haben. Womöglich glaubte er nun, dass ich mich an ihn ketten wollte. Es mochte sein, dass ich mich in ihn verliebt hatte; allerdings würde ich mir eher das Herz von ihm brechen lassen, als ihm hinterherzulaufen.

Wofür ich mich allerdings schlagen könnte, war, dass ich Isabells Bitte, meine Meinung über Wesley kundzutun, nachgekommen war. Nach meiner Schilderung musste er davon ausgehen, dass ich für ihn schwärmte, ihm die letzten Monate nur vorgemacht hatte, ihn nicht ausstehen zu können.

Das Ganze war so ätzend.

»Hey«, hörte ich eine männliche Stimme und drehte mich um.

Es war Adriano.

»Hi«, sagte ich. Er stellte sich direkt neben mich ins Wasser.

»Jetzt bin ich es, der sich entschuldigen möchte«, gestand er. »Es tut mir leid, was ich heute Morgen gesagt habe. Du musst verstehen, dass die Jobs hier nicht auf Bäumen wachsen und dass ich auf das Geld angewiesen bin. Miss Hautington zahlt gut, davon kann ich leben. Deswegen wehre ich alles ab, was das gefährden könnte. Nur kannst du nichts dafür, dass dein Boss so übel drauf ist.«

»Mach dir keine Gedanken«, murmelte ich. »Ich kann dich verstehen. Es ist sicherlich nicht einfach, in dieser Branche tätig zu sein.«

»Das kannst du laut sagen.« Er lachte auf. »Du musst heute nicht arbeiten?«

»Nein, mein Chef hat mir freigegeben«, gestand ich. »Wahrscheinlich würde ich ihm und Miss Hautington nur im Weg stehen.« *Wahrscheinlich* war gut! *Auf jeden Fall* würde es besser treffen.

»Isabell ist ein anderer Schlag Frau«, erklärte Adriano. »Wenn sie etwas will, nimmt sie es sich.«

»Nun, in diesem Fall will sie Wesley Wright«, sagte ich das Offensichtliche.

»Davon kannst du ausgehen«, stimmte er mir zu. »Sie sind vor einer halben Stunde zurückgekommen und haben sich in Isabells Büro verschanzt. Deswegen habe ich die Gelegenheit genutzt, mit dir zu reden.«

Sie waren bereits wieder da und saßen gerade zusammen im Büro. Nun, es konnte sicherlich noch eine Weile dauern, bis Miss Hautington und Wesley mit was auch immer fertig waren.

Scheißkerl!

»Es ist nett von dir, dass du das Gespräch mit mir gesucht hast«, meinte ich ehrlich. »Aber wie gesagt, ich verstehe dich.«

»Das ist gut«, erwiderte er. »Ich finde es schade, dass es so gekommen ist. Wir hätten sicherlich Freunde werden können.«

Gut möglich!

Aus einem Impuls heraus nahm ich den heißen Südländer in den Arm, weil er mir irgendwie leidtat. Sicherlich war es schwer, von Gästen wie Wesley dermaßen unter Druck gesetzt zu werden, ohne sich wehren zu können.

Ich ließ von ihm ab, wünschte mir, er könnte mein Herz zum Schlagen bringen. Nichts dergleichen geschah. Nur wenn ich an Wesley dachte, fing es zu hämmern an. Wie ungerecht.

»Wir sehen uns, Bailey«, verabschiedete er sich und verschwand.

»Ja, wir sehen uns«, flüsterte ich und schaute ihm für einen Moment hinterher.

Abermals betrachtete ich das Meer und entschied, noch einmal unterzutauchen, meine Gedanken abzuschütteln und nicht weiter über Wesley und seine aktuelle Flamme nachzudenken.

Erneut verspürte ich das Bedürfnis, meinen Tränen freien Lauf zu lassen. Und wieder drängte ich sie zurück. Das Meer würde sie von mir spülen, das Wasser würde mich halten.

Wesley Wright hatte mich nicht verdient. Nur musste ich das erst mal meinem Herzen erklären.

Kapitel 13

WESLEY

Sie spielte ein gefährliches Spiel und hatte nicht die geringste Ahnung, dass ich genau dieses verdammt gut beherrschte. Bailey hatte Adriano in den Arm genommen, ihren verruchten halb nackten Körper an ihn gepresst. Dabei musste ich meine Augen schließen, der Anblick setzte mir mehr zu, als gut für mich war.

Eigentlich hätte ich mich bewegen müssen, mich umdrehen und weggehen sollen, nur war ich dazu nicht fähig. Ihr Erscheinungsbild nahm mich komplett gefangen.

Bailey lief auf das Meer zu, bekleidet mit einem verdammt knappen Bikini. Ich konnte meine

Augen nicht von ihr lassen, obwohl ich ein großes Bedürfnis verspürte, sie zu erwürgen.

Bailey erreichte das Wasser, lief tiefer hinein und tauchte kopfüber ab. Nichts war mehr von ihr zu sehen, die Wellen hatten sie verschluckt. Gespannt wartete ich darauf, dass sie wieder an die Oberfläche kam, was auch wenige Sekunden später der Fall war. Wie ein Perversling stand ich an meiner Hütte, beobachtete jede ihrer Bewegungen.

Die kleine Hexe hielt sich nicht lange in dem Nass auf, sondern ging direkt wieder an den Strand. Ihre langen klatschnassen Haare klebten auf ihrer Schulter.

Mit wiegenden Hüften begab sie sich zu ihrem Handtuch, legte sich mit dem Rücken darauf, ein Bein streckte sie aus, das andere winkelte sie an.

In meiner Hose wurde es schmerzhaft eng.

Wann hatte ich das letzte Mal so dermaßen auf eine Frau reagiert? Nicht einmal, als ich mit Josephine zusammen war.

Ich saß knietief in der Scheiße.

Mit allem hatte ich gerechnet, nur nicht mit Bailey Wilson. Seit dem Tag, als ich von ihr zum ersten Mal gekostet hatte, verlangte ... nein, schrie mein gesamter Körper nach dieser Frau. Mit aller Macht hatte ich versucht, mich gegen diese Empfindungen zu wehren, sie nicht zuzulassen, anscheinend war ich machtlos, was die kleine Hexe betraf.

Wie von allein bewegten sich meine Beine in ihre Richtung. Als ich bei ihr ankam, hatte sie ihre Augen geschlossen. Seufzend nahm ich neben ihr Platz.

»Wie es scheint, lassen Sie es sich gut gehen«, fing ich an mit Blick auf das Wasser.

»Sie sind zurück«, überging sie meine Aussage. »Und?«

»Und was?«, hakte ich nach.

»Haben Sie den Auftrag?«, wollte sie wissen und setzte sich auf.

»Sieht ganz danach aus«, meinte ich. »Die Verträge werden in diesen Minuten aufgesetzt.«

»Herzlichen Glückwunsch«, sagte sie, und es hörte sich an, als freute sie sich tatsächlich. »Sie haben eine gute Arbeit vorgelegt. Miss Hautington wäre dumm, Sie nicht zu engagieren.«

»Danke schön«, murmelte ich.

Für einen kurzen Moment hatte es wirklich danach ausgesehen, als würde ich den Deal nicht abschließen. Mir unterliefen Fehler, die mir sonst nie passierten. Meine Konzentration war für den Arsch. Obwohl Bailey heute nicht bei mir war, so musste ich dennoch die ganze Zeit über an sie denken. Ständig fragte ich mich, wo sie sich aufhielt, mit wem sie zusammen war! Ich hatte den Fokus verloren, was Isabell nicht entgangen war.

Den Auftrag hätte ich eigentlich nicht bekommen dürfen, nicht nach dem heutigen Tag. Miss Hautington hatte sich trotz allem für mich entschieden. Natürlich freute ich mich, nur begriff ich es nicht. Wenn ich an ihrer Stelle gewesen wäre, ich hätte mir den Auftrag nicht übergeben.

»Dass ich der zuständige Architekt werde, habe ich auch Ihrem Plädoyer zu verdanken.« Es entsprach der Wahrheit, Isabell hatte es mir vorhin im Büro zu verstehen gegeben. »Zwar bin ich davon überzeugt, dass Miss Hautington nicht Ihr größter Fan ist, dennoch scheinen Sie unsere neue Kundin mit Ihrer Geschichte schlussendlich überzeugt zu haben.« Kurz atmete ich durch und schaute zur Seite, direkt in Baileys Gesicht. »Bislang hatte ich keine Gelegenheit, mich dafür zu bedanken.«

»Wofür?«, fragte sie fast schon flüsternd.

»Für Ihre Anerkennung«, präzisierte ich. »Ich hatte keine Ahnung, wie sehr Sie meine Arbeit schätzen. Es macht mich stolz, was Sie gesagt haben.«

»Es war nur die Wahrheit«, erwiderte Bailey und zog ihre Knie an die Brust, schlang ihre

Arme um die langen Beine. »Seit ich das Gebäude zum ersten Mal gesehen habe, liebe ich es. Jedes Mal, wenn ich davor sitze, weiß ich, dass ich mich für den richtigen Studiengang entschieden habe. Architektur würde mir nicht liegen, aber die Innenarchitektur ist genau mein Weg. Hin und wieder gibt es Momente, in denen ich zweifele, doch dann fahre ich sofort in die City und starre stundenlang auf die Mauern. Nur wegen dieses Hauses habe ich mein Studium durchgezogen.«

Bei ihren Worten musste ich mehrere Male hintereinander schlucken. Von all dem wusste ich nichts, weil ich mich nie für dieses Mädchen interessiert hatte.

Was sich nun als Fehler herausstellte.

Bailey Wilson war etwas ganz Besonderes.

Langsam beugte ich mich zu ihr, die Sonne ging gerade unter und schickte ihre letzten Strahlen zu uns. Bailey fixierte meine Lippen, seufzte, zog sich aber nicht zurück. Mein Mund legte sich sanft auf ihren, meine Hand berührte ihre Wange. Wir küssten uns sachte, liebevoll. Unsere Zungen berührten sich leicht, als wollten sie sich erst noch kennenlernen. Mein Herz fing wild zu schlagen an, in meinem Bauch rumorte es laut. Beides war mir egal, nur Bailey war gerade wichtig.

Abrupt löste sie sich von mir, in ihren Augen schimmerten Tränen, was mich umgehend aus der Bahn warf. »Ich kann nicht.«

Warum Tränen?

Plötzlich stand sie auf und rannte zu ihrer Hütte. Ich schaute ihr hinterher, bis sie aus meinem Sichtfeld verschwunden war.

Abermals betrachtete ich das Wasser, gleich würde es dunkel werden, die Laternen sprangen bereits an.

Was war gerade geschehen? Warum fühlte ich all das, was sich momentan in meinem Inneren breitmachte?

Mit den Fingern griff ich mir in die Haare, stellte die Ellenbogen auf meine angewinkelten Knie ab, schloss die Augen.

Eigentlich hatte ich vorgehabt, auf Abstand zu gehen. Wieso bekam ich das bloß nicht hin? Ich war ein Mann im Alter von neunundzwanzig Jahren. Bislang war ich meinen Weg zielstrebig gegangen, ohne auf irgendwen Rücksicht zu nehmen. Um so erfolgreich zu werden, wie Caden und ich es mittlerweile waren, musste ich manches Mal über Leichen gehen, und verdammt, ich hatte es getan. In meiner Branche musste man hart und unnachgiebig sein. Niemanden, außer meine engsten Freunde, ließ ich an mich heran. Damit war ich die letzten

Jahre gut gefahren, mir hatte nichts gefehlt, ich hegte keine Sehnsüchte.

Erst hier in der Karibik lernte ich, was *Sehnsucht* bedeutete. Ich musste zugeben, mir gefiel diese Emotion nicht, sie machte mich unachtsam, schwach. Trotz allem konnte ich mich nicht von Bailey fernhalten, obwohl mir klar war, dass wir in unterschiedlichen Welten leben. Im Gegensatz zu ihr stand ich beruflich mit beiden Beinen im Leben, Bailey jedoch war Studentin. Sie hatte die Möglichkeit, verschiedene Wege einzuschlagen, hatte die Wahl, in New York zu bleiben oder wegzuziehen. Bailey Wilson war ein Geheimnis für mich, ich wusste rein gar nichts über sie. Wie sahen ihre Träume aus? Wohin wollte sie? Hatte sie bereits Pläne? Was waren ihre Hobbys? Keine einzige Frage konnte ich beantworten und dieser Umstand störte mich gewaltig.

Innerlich spürte ich, wie ich mich veränderte, ein Prozess, den ich nicht mehr aufhalten konnte. Vieles, was gestern für mich noch wichtig war, schien gerade an Bedeutung zu verlieren. Arbeit, Beruf und Geld konnten mir nicht das geben, was Bailey mir in den wenigen Stunden gegeben hatte: Frieden, Ausgeglichenheit und Ruhe.

Nur, was sollte ich damit anfangen?

Schnaubend stand ich auf, schaute mich um und erkannte, dass niemand außer mir anwesend war. Um den Druck in mir loszuwerden, die Gedanken wegzuspülen, die an mir nagten, wollte ich ins Meer. Bevor ich das Nass erreichte, zog ich mich bis auf meine Shorts aus, warf meine Klamotten unachtsam in den Sand und marschierte in das Wasser, lief immer tiefer hinein und sprang kopfüber unter die Oberfläche. Hier unten hörte man nichts, nur das Rauschen in den Ohren. Das Meer war klar, salzig, es schmeckte nach Freiheit.

Als meine Luft aufgebraucht war, glitt ich an die Oberfläche, ließ mich von den Wellen treiben.

Mein Blick wanderte zum Strand, ich hatte mich einige Meter von ihm entfernt. Im gleichen Moment machte ich Bailey aus, die aus ihrer Hütte kam, noch immer mit ihrem Bikini bekleidet. Womöglich dachte sie, ich wäre verschwunden, sie schaute sich mehrfach um, bevor sie ihr Handtuch ansteuerte.

Bailey stand mit dem Rücken zum Wasser; ich schwamm zurück, nahm nie den Blick von ihr, beobachtete, wie sie das Handtuch vom Sand befreite.

Direkt hinter ihr blieb ich stehen, die Tropfen von meiner Haut und dem Haar fielen auf ihre Schultern. Baileys Körper spannte sich an, sie machte einen Schritt nach vorn, doch ich packte sie an den Oberarmen und zog sie wieder zurück.

Dabei hörte ich sie hart ein- und ausatmen.

»Bitte, lass mich gehen«, flüsterte sie.

»Ich kann nicht«, sagte ich. »Du machst mich wahnsinnig.«

Langsam drehte ich sie zu mir um, eine Träne löste sich aus ihrem Augenwinkel, kullerte über ihre Wange, die ich mit meinem Daumen auffing.

»Wesley, was wir hier machen, ist falsch.« Ihre Stimme war brüchig, nicht mehr als ein Krächzen. »Bald werden wir wieder in den Staaten sein.«

»Dort sind wir aber jetzt nicht«, rief ich ihr ins Gedächtnis. »Komm mit mir.«

»Wohin?«, wollte sie verwirrt wissen.

Ohne zu antworten, griff ich nach ihrer Hand, zog sie mit mir direkt ins Wasser. Erst als sie fast nicht mehr stehen konnte, löste ich mich kurz von ihr, nur um meinen Arm um ihre Taille zu legen, damit ich sie an mich ziehen konnte. Ihre Brust presste sich an meinen Oberkörper, ihre Finger fanden den Weg zu meinen Schultern. Als wäre es vollkommen normal, schlang sie ihre Beine um meine Hüften.

»Dir ist klar, dass wir ...?«

Ich presste meinen Mund auf ihren, stoppte sie in dem, was sie sagen wollte. Gerade hatte ich keine Lust, mich mit ihr zu unterhalten, wahrscheinlich wollte ich ihre Bedenken auch einfach nicht hören.

Unser Kuss intensivierte sich, wir gierten regelrecht nacheinander. Sie wollte mich genauso wie ich sie. Womöglich waren wir beide nicht mehr stark genug, die Distanz zu wahren.

Wir stöhnten uns gegenseitig in den Mund, wurden ungeduldig, fassten uns überall an. Plötzlich griff sie zwischen uns, zog mir die Shorts so weit herunter, dass mein Schwanz frei lag, den sie mit ihren Fingern umschloss. Derweil riss ich ihr das Höschen zur Seite. Umgehend und ohne zu warten, führte sie meine Härte in ihre Enge. Unsere Münder lösten sich voneinander, während ich mich immer tiefer in ihrem Körper versenkte.

»Wesley«, stöhnte sie mir ins Ohr, was mir eine Gänsehaut bescherte. Meinen Namen aus ihrem Mund zu hören, war eine Offenbarung.

»Du bist perfekt für mich«, raunte ich ihr zu, dachte nicht über meine Worte nach. Sie kamen von ganz allein und insgeheim musste ich ihnen zustimmen. Bailey war wie für mich geschaffen.

Ich griff fest um ihre Taille, bewegte sie auf und ab, stieß immer schneller und härter in sie.

Unsere Wangen ruhten aneinander, ich konnte sie gar nicht so nah an mich ziehen, wie ich es gerne wollte.

Immer heftiger pumpte ich in sie, während sie mich wie eine Göttin ritt.

»Ich komme.« Bailey biss mir ins Ohrläppchen, als ihr gesamter Körper zu beben begann. Erst dann zog ich mich aus ihr heraus, schließlich hatten wir kein Kondom benutzt.

Bailey löste sich etwas von mir, umschloss meinen Schwanz mit ihrer Hand und begann, mich zu verwöhnen. Es dauerte nicht lange, bis auch ich meinen Höhepunkt erreichte.

Schwer atmend sahen wir uns an. Mit den nassen Fingern zog ich ihr Gesicht zu meinem und küsste sie, als gäbe es kein Morgen.

Das hier sollte vorerst nicht enden, ich hatte keine Kraft mehr, mich von ihr fernzuhalten. Was das im Einzelnen zu bedeuten hatte, hinterfragte ich in diesem Moment nicht. Nur eines, darüber war ich mir gänzlich im Klaren: Ich musste es so schnell wie möglich herausfinden.

Kapitel 14

BAILEY

Langsam ließ Wesley mich runter. Eigentlich hätte ich darauf schwören können, dass er sich von mir zurückzog, mich stehen lassen und gehen würde. Zu meinem Erstaunen tat er das nicht, nein, sondern griff nach meiner Hand und zog mich mit sich, hinaus aus dem Wasser. Dabei sprach er kein Wort, schnappte sich nur seine Klamotten vom Boden, auch das Handtuch ließ er nicht zurück.

Erneut überraschte er mich, als wir an meiner Hütte vorbeimarschierten und seine ansteuerten. Viele Fragen tauchten in meinem Kopf auf, unter anderem: Was hatte sich verändert?

Ich stellte weder diese noch eine andere.

Du machst mich wahnsinnig, hatte er gesagt, womit er mir für einen Moment den Boden unter den Füßen weggezogen hatte. Wieder hatte mein Herz wild in meiner Brust geschlagen, es war mir beinahe herausgesprungen. Verdammt, ich wollte wirklich stark bleiben, ihn kein weiteres Mal an mich heranlassen. Doch sein Blick, mit dem er mich bedacht hatte, als wäre ich etwas Wertvolles für ihn, ließ meinen Schutzwall in sich zusammenstürzen. Es war vorbei, ich war ihm komplett verfallen, bekam es nicht mehr hin, meine Emotionen zu unterdrücken. Sagen würde ich ihm wohl niemals, dass ich mich verliebt hatte, dazu war er einfach nicht der Typ.

Nichtsdestotrotz, so naiv es auch klang, ich wollte die restlichen Tage mit ihm hier genießen, so viel Zeit mit ihm verbringen wie möglich. In den Staaten, davon war ich überzeugt, würden sich unsere Wege trennen. Mein Herz wäre sicherlich gebrochen, aber ich hatte die besten Freundinnen der Welt. Sie würden mir beistehen, mich halten und trösten.

Wesley jetzt von mir zu stoßen, dazu war ich nicht mehr fähig, das konnte auch keiner von mir verlangen. Er selbst war der Einzige, der die Macht besaß, mich fortzuschicken. Solange er das nicht tat, würde ich bleiben.

Wir erreichten seine Unterkunft. Ich wagte nicht, auch nur einen Ton von mir zu geben, wahrscheinlich, weil auch er nichts sagte.

Nach wie vor hielt er meine Hand, führte mich ins Bad. Erst dort machte er sich von mir los, half mir aus meinem Bikini, bevor er sich seiner Shorts entledigte. Anschließend stellte er das Wasser an, schob mich in die Dusche und folgte mir.

Gegenseitig seiften wir uns ab. Für mich war das eine ganz neue Erfahrung, und ich musste sagen, sie gefiel mir.

»Was nun?«, kam es schneller über meine Lippen, als ich die Worte aufhalten konnte.

»Wir werden gleich essen gehen und danach schlafen«, teilte er mir mit.

»Was ist mit Hautington?«, hakte ich nach. »Die Verträge müssen unterzeichnet werden.«

»Das können wir auch morgen noch machen«, meinte er, weshalb ich in meinen Bewegungen innehielt.

»Wesley«, sprach ich ihn an und seufzte. »Du bist nur aus einem Grund in der Karibik: um diesen Deal abzuschließen. Die Hautington lässt die Verträge aufsetzen, das ist es, was du wolltest. Triff dich mit ihr und schließ den Auftrag ab.«

»Dann begleitest du mich«, forderte er.

»Warum?«, wollte ich wissen. Noch nie zuvor war ich bei einem Vertragsabschluss dabei gewesen. Ich hatte da auch nichts zu suchen.

»Weil ich das möchte«, war alles, was er dazu zu sagen hatte.

»Ich werde nicht weglaufen«, versprach ich ihm. »Wohin auch? Hör zu: Du unterschreibst dieses Millionen-Projekt und ich warte im Restaurant auf dich. Anschließend essen wir und danach sehen wir weiter. Was hältst du davon?«

»Wenn du alleine im Restaurant auf mich wartest, wirst du womöglich wieder von Dutzenden Kerlen umzingelt.« Wesley schnaubte.

»Und das stört dich?« Mit hochgezogener Augenbraue musterte ich ihn.

»Nein«, log er. »Vielleicht. Ein wenig«, fügte er noch hinzu.

Der Kerl verwirrte mich.

»Es wird sich gar keiner trauen, mit mir zu sprechen«, rief ich ihm ins Gedächtnis. Das wusste wohl keiner besser als er. »Du hast Adriano klar zu verstehen gegeben, dass er sich von mir fernzuhalten hat. Ich nehme an, das wird sich unter den Kellnern und Isabells Mitarbeitern herumgesprochen haben. Die haben alle viel zu viel Angst, ihren Job zu verlieren.«

»Anscheinend hat sich dein Sonnyboy davon nicht wirklich einschüchtern lassen.« Wesley verließ die Kabine, derweil drehte ich den Wasserhahn zu. Was meinte er? Bevor ich nachfragen konnte, fuhr er fort: »Ich habe euch vorhin beobachtet. Ihr habt geredet, irgendwann lagt ihr euch in den Armen.«

»Und?« War das sein Ernst? Niemals wäre ich auf die Idee gekommen, dass Wesley eifersüchtig sein könnte. Gut, woher auch? Keiner Frau gestattete er es, lange genug zu bleiben, um das Phänomen herauszufinden.

»Keine Ahnung«, knurrte er, mir den Rücken zugewandt.

»Er hat sich nur bei mir entschuldigt, weil er mir am Morgen gesagt hatte, er wolle keinen Kontakt mehr zu mir«, erklärte ich und schnappte mir das Handtuch, das er mir hinhielt. Ich wickelte meinen Körper ein. »Wir haben kurz darüber gesprochen und damit war die Sache auch geklärt. Ich habe ihn einfach nur umarmt, weil er mir leidtat. Für ihn muss es auch schwer sein, sich gegen Gäste wie dich nicht wehren zu können.«

»Um ehrlich zu sein, konnte ich den Gedanken gestern Abend nicht ertragen, dass du mit diesem Kerl etwas anfängst«, gestand er und sah mich an. »Dieses Gefühl hatte ich vorher noch nie. Beinahe wäre ich durchgedreht, ohne zu wissen, woran das lag. Ich bin kein Psycho, falls du das denken solltest.«

»Doch, irgendwie schon«, scherzte ich und grinste ihn frech an. Wesley lachte.

»Bailey, ich weiß nicht, was das hier zwischen uns ist«, meinte er plötzlich ernst. »Versprechungen kann und werde ich dir nicht machen. Wir sollten einfach sehen, was die Zeit mit sich bringt. Bist du damit einverstanden?«

Hatte ich eine andere Wahl?

»Wir sind erwachsen«, äußerte ich mich tougher, als ich mich fühlte. »Lass uns abwarten.«

Wesley beugte sich zu mir herunter und gab mir einen Kuss auf den Mund, bevor er sich weiter abtrocknete.

Derweil hob ich den nassen Bikini vom Boden, den ich wieder anziehen musste, schließlich waren meine Klamotten in meiner Hütte. Daran hätte ich auch früher denken können.

»Warte, ich gebe dir Shorts und ein Shirt«, bot Wesley mir an und verschwand aus dem Bad. Mit langsamen Schritten ging ich ihm hinterher.

Im Schlafzimmer reichte er mir die Sachen, in die ich umgehend reinschlüpfte. Auch er kleidete sich an, stieg in enge blaue Jeans, darüber ein schwarzes Shirt mit V-Ausschnitt.

Ein Traum von einem Mann.

»Ich werde jetzt in mein kleines Häuschen gehen und mir etwas Vernünftiges anziehen«, setzte ich Wesley in Kenntnis. »Anschließend warte ich im Restaurant auf dich.«

»Es wird nicht lange dauern«, versprach er mir.

»Lass dir Zeit.« Kurz vor dem Abschluss durfte nichts mehr schiefgehen. »Es geht um viel Geld.«

»Wir sehen uns nachher.« Abermals gab Wesley mir einen Kuss, der sich von Mal zu Mal intensivierte.

»Wenn wir jetzt nicht aufhören, werde ich nirgendwohin gehen«, murrte Wesley und trat einen Schritt zurück. »Geh jetzt, sonst bleiben wir hier.«

»Bin schon weg.« Sofort drehte ich mich um und verschwand.

Zurück in meiner Hütte, begab ich mich direkt ins Schlafzimmer und föhnte meine Haare.

Wesley und ich würden den Abend miteinander verbringen. Für mich eine groteske Vorstellung. Wir beide ein Date? Seltsam. Wobei? Ich hätte mir auch niemals vorstellen können, mit Wesley zu schlafen. Dieser Gedanke kam erst auf, nachdem wir uns das erste Mal geküsst hatten.

Natürlich musste ich weiterhin vorsichtig sein. Wie Wesley vorhin bereits gesagt hatte, könnte und wollte er mir keine Versprechungen machen. Das wollte ich auch nicht und ich hatte auch keine Erwartungen. Solange er mit offenen Karten spielte, mich nicht hinterging oder wissentlich verletzte, war für mich alles okay.

Sicherlich war das Ganze für Wesley auch nicht einfach, immerhin verbrachte er nie viel Zeit mit ein und derselben Frau. Gerne würde ich ihn nach dem Grund fragen, unterdrückte das Bedürfnis aber. Wir würden schon sehen, wohin uns das alles führte. Manches konnte man nicht planen, sondern musste es auf sich zukommen lassen.

Im Moment wollte ich genießen. Was morgen war, spielte keine Rolle. Ich sollte lernen, meinen Kopf nicht immer die Führung übernehmen zu lassen. Gelegentlich musste ich loslassen und genau das hatte ich vor. Ob ich damit auf die Nase fiel, würde sich zeigen.

Nachdem meine Mähne trocken war, entschied ich mich, sie zur Seite zu flechten. Auch wenn mir die Klamotten von Wesley gut gefielen, so zog ich sie aus, um in einen roten String zu steigen und den passenden trägerlosen Spitzen-BH anzulegen. Da wir heute verabredet waren, entschied ich mich für das bordeauxrote, schulterfreie Kleid, welches mir bis zur Mitte der Oberschenkel reichte. Dazu stieg ich in sieben Zentimeter hohe silberne Sandaletten mit Bändern, die ich um meine Wade wickelte und vorn an meinen Schienbeinen zusammenband.

Da es noch sehr warm war, verzichtete ich auf Make-up und trug nur Mascara und etwas Rouge auf.

Kurz betrachtete ich mich im Spiegel und befand mich als hübsch. Egal, was die Hautington mir auch einzureden versuchte, ich war kein kleines unschuldiges Mädchen, sondern eine junge Frau, die mit beiden Beinen im Leben stand.

Langsam machte ich mich auf den Weg zum Restaurant. Von Wesley und Miss Schnepfe war weit und breit nichts zu sehen, weshalb ich mich erst einmal an die Bar setzte.

»Guten Abend, Miss Wilson«, begrüßte mich der Barkeeper höflich, allerdings distanziert. *Danke, Wesley!*

»Hallo«, sagte ich und lächelte. »Ich hätte gerne einen Bahama Mama«, bestellte ich meinen Lieblingscocktail.

Nickend wandte sich der Kellner um und bereitete mein Getränk zu. Derweil schaute ich mich um, betrachtete die wenigen Tische, die besetzt waren, und versuchte mir vorzustellen, wie es hier wohl sein würde, wenn die Anlage komplett ausgebaut war. Mit Sicherheit würde aus dem sowieso schon tollen Paradies ein grandioses werden.

»Bitte schön, Miss.« Der Cocktail wurde mir vorgesetzt, sofort nahm ich einen Schluck durch den Strohhalm.

»Gute Wahl«, vernahm ich neben mir eine weibliche Stimme, der ich mich sofort zuwandte. Miss Hautington. »Alfons, für mich bitte auch einen«, gab sie ihre Bestellung auf und nahm zu meiner Rechten Platz.

Ich schaute an ihr vorbei, fragte mich, wo Wesley abgeblieben war. Doch von ihm war weit und breit nichts zu sehen.

»Er sitzt noch in meinem Büro und geht den Vertrag durch«, klärte die dumme Kuh mich auf und griff nun nach ihrem Cocktail. Meinen hielt ich in der Hand. »Anschließend wollen Ihr Boss und ich noch etwas feiern. Schließlich arbeiten wir ab sofort miteinander. Darauf müssen wir anstoßen.«

Ach, war dem so?

»Ihre Zusammenarbeit wird sicherlich ein großer Erfolg«, erwiderte ich. Die Worte fühlten sich in meinem Mund wie Säure an.

»Davon können Sie ausgehen, Miss Wilson«, meinte sie und sah mich auf einmal direkt an. »Sie wissen, dass Wesley nur spielen will, oder?«

»Was meinen Sie?«, wollte ich wissen, schließlich hatte ich keine Ahnung, wovon sie sprach.

»Bailey«, sprach sie mich auf einmal mit meinem Vornamen an und seufzte, als redete sie hier mit einem kleinen Kind, das schwer von Begriff war. »Wesley ist ein Mann, Sie ein Mädchen. Natürlich fühlt er sich zu Ihnen hingezogen, eben weil Sie sehr unschuldig wirken, fast schon unnahbar. Auf so etwas reagieren Aufreißer wie Wes.« Sie lachte. »Aber im Grunde möchten solche Männer ganze Frauen, keine Kinder, und das hat er mir heute mehr als einmal bewiesen. So ausgepowert hat mich schon lange kein Kerl mehr, das können Sie mir glauben.« Bei ihren Worten wurde mir schlecht. Sie log, richtig? »Ihnen muss ich das nicht sagen, Sie wissen selbst, wie er sich bewegen kann. Er weiß auf jeden Fall, was Frauen wollen. Wes ist niemand, der sich festlegen will, das ist schade, aber nicht zu ändern. Spaß kann auch schön sein, vor allem, wenn man ihn mit jemandem wie Wes erlebt.«

Mehrmals hintereinander musste ich schlucken. Bestimmt waren das alles nur Lügen. Wesley würde mir das nicht jetzt schon antun, oder? Vorhin hatten wir im Meer Sex gehabt, anschließend hatte er mir gesagt, ich würde ihn wahnsinnig machen. Das hatte er nicht nur geäußert, um mich gefügig zu machen, oder? Hatte Wesley tatsächlich heute auch mit Isabell gevögelt? Spielte er wirklich so ein brutales Spiel mit mir? Warum sollte er das tun? Auf der anderen Seite: Warum sollte mich die Hautington anlügen? Sie wusste nichts von Wesley und mir.

Mir schwirrte der Kopf, am liebsten wäre ich weggelaufen, nur wollte ich diesem Miststück diese Genugtuung nicht geben.

»Warum erzählen Sie mir das?«, wollte ich wissen und zog den Alkohol abermals durch den Strohhalm in meinen Mund. Am liebsten hätte ich den Cocktail auf ex getrunken.

»Nun, wir Ladys müssen zusammenhalten.« Mit hochgezogener Augenbraue musterte ich sie. »Schauen Sie nicht so, Bailey. Ob Sie mir nun glauben oder nicht, aber ich fände es schade, wenn Sie sich das Herz brechen ließen, obwohl Sie selbst so schlau sein müssten, zu wissen, dass Wesley nichts Ernstes will. Mein Rat an Sie: Gehen Sie Ihren Weg, nehmen Sie sich jemanden in Ihrem Alter und lassen es sich gut gehen. Wes ist der Falsche für Sie. Vertrauen Sie mir.« *In diesem Leben sicherlich nicht,* dachte ich. »Jeder Blinde erkennt, dass Sie mehr für ihn empfinden, als gut für Sie ist. Bevor Sie sich ihm hingeben, denken Sie nach, achten Sie auf Ihr Herz und verschwinden Sie. Es tut mir leid, wenn ich Sie mit meinen Worten traurig mache, aber lieber jetzt die Wahrheit hören, bevor es zu spät ist.« Sie trank den letzten Schluck ihres Getränkes.

»Ich bin nicht traurig«, log ich. Diesem Miststück würde ich unter gar keinen Umständen zeigen, welche Wirkung ihre Sätze auf mich hatten.

»Dann bin ich ja froh«, flötete sie und stellte ihr Glas zurück auf den Tresen, bevor sie sich vom Hocker schob. »Bestellen Sie sich etwas zu essen. Geht aufs Haus, die Preise dürften für eine kleine Studentin deutlich zu hoch sein. Es wäre auch etwas unangenehm für Sie, wenn Wesley Ihre Speisen bezahlen müsste, oder? Immerhin ist er Ihr Boss und nicht Ihr Sugardaddy.«

Damit wandte sie sich ab und ließ mich zurück. Mein Hals wurde trocken, meine Augen fingen an zu brennen. Vehement versuchte ich, die aufkommenden Tränen zu unterdrücken. Verflucht, ich war keine Heulsuse, und ich wusste auch nicht, ob all das der Wahrheit entsprach, was die blöde Kuh mir gerade erzählt hatte. Darüber hinaus hatten Wes und ich uns keine Versprechen gegeben, wir waren kein Paar. Dennoch tat es weh, wenn ich den Gedanken zuließ, Isabell könnte nicht gelogen haben. Auf der anderen Seite durfte ich nicht außer Acht lassen, dass die Hautington gefährlich war. Sie wollte Wesley für sich, und um ihn zu bekommen, musste sie mich aus dem Weg räumen. Das war weit hergeholt, allerdings würde das für mich Sinn ergeben.

Weglaufen würde ich nicht, sondern abwarten, was der Abend brachte. Sollten Wes und die Hautington gleich tatsächlich feiern wollen, würde ich mich zurückziehen und nicht mehr an Isabells Worten zweifeln. Was aber, wenn er allein zu mir kam und wir die nächsten Stunden miteinander verbrachten? Würden damit die Zweifel aus der Welt geschafft sein? Darüber war ich mir gerade nicht im Klaren.

Kapitel 15

WESLEY

Es war getan.

Die Verträge waren unterzeichnet, der Auftrag gehörte *Wright & Turner*. Wir würden Millionen verdienen. Mein bester Freund und ich hatten es geschafft.

»Wir sollten feiern«, schlug Isabell vor. »Champagner, Musik, nur wir beide …«

»Tut mir leid, ich bin bereits verabredet«, setzte ich sie in Kenntnis. »Aber wir werden sicherlich noch eine Gelegenheit finden, bevor wir abreisen.«

Ich erhob mich, Isabell blieb hinter ihrem Schreibtisch sitzen, betrachtete mich eingehend.

»Es geht mich nichts an, Wesley«, fing sie an und seufzte. »Aber Sie sollten sich vorsehen. Es macht keinen guten Eindruck, wenn ein Geschäftsführer einer so renommierten Firma etwas mit seiner Praktikantin anfängt. Solche Dinge sprechen sich herum, sie können falsch aufgefasst werden. Sie sollten auch an den Ruf von Miss Wilson denken. Für die Zukunft der Kleinen wäre Gerede eher hinderlich. Verstehen Sie, was ich meine?«

Drohte sie mir etwa? Wenn ja, würde sie damit keinen Erfolg haben, auf so etwas stand ich nämlich überhaupt nicht.

»Bei allem Respekt, Isabell«, erwiderte ich ruhig. »Sie haben recht, es geht Sie nichts an. Was ich privat mache, ist allein meine Angelegenheit. Das trifft im Übrigen auch auf Miss Wilson zu. Ich bin wirklich froh, dass wir beruflich zusammengefunden haben, ich glaube, dass wir etwas Grandioses erschaffen werden. Haben Sie allerdings Bedenken, dann sagen Sie es jetzt.«

Keine Ahnung, woher diese Worte kamen, am liebsten hätte ich sie auch direkt wieder zurückgenommen. Nicht weil ich feige war, sondern weil es um Millionen ging, die ich gerade dabei war, in den Wind zu schießen. Und wofür? Ich wusste selbst noch nicht mal, was das zwischen Bailey und mir war. Alles stand auf wackeligen Beinen, dennoch musste ich Isabell in ihre Schranken weisen. Niemand machte mir Vorschriften und sagte mir, wie ich mein Leben zu leben hatte.

Isabell musterte mich lange. Kurz nahm ich an, sie würde sich von dem Deal zurückziehen. Das wäre verdammt schade gewesen, aber eben nicht zu ändern.

»Sie gefallen mir, Wesley«, meinte sie plötzlich und grinste. »Das Projekt wird weiterhin in Ihren Händen bleiben, ich bin einfach davon überzeugt, dass Sie meine Vorstellungen und Wünsche umsetzen können.« Graziös stand sie auf und streckte mir die Hand entgegen.

»Ich werde Sie nicht enttäuschen«, entgegnete ich. »Das ist ein Versprechen.«

»Ich mag Versprechungen«, gurrte sie, als ich ihre Finger mit meinen umschloss. »Wie Sie sicherlich bereits festgestellt haben, bin ich keine Frau, die schnell aufgibt. Darauf können Sie sich verlassen.«

Was genau sie mir damit zu verstehen geben wollte, konnte ich nicht mit Bestimmtheit sagen, es war auch nicht wichtig.

Was ich gerade wollte, war, dieses Büro zu verlassen, ich brauchte etwas Ruhe für mich. Zwar ließ ich mir ungerne in private Angelegenheiten reinreden, dennoch waren Isabells Worte nicht ganz unsinnig. Bei alledem durfte ich nicht vergessen, dass ich einer der Geschäftsführer von *Wright & Turner* war. Hier ging es nicht nur um mich, sondern auch um Caden. Seit fünf Jahren arbeiteten wir härter als manch anderer. Jetzt hatten wir die Chance, ganz groß zu werden, und ich war dabei, alles aufs Spiel zu setzen, weil ich Gefühle für eine Frau entwickelt hatte, die ich selbst nicht einzuschätzen vermochte.

»Ich wünsche Ihnen einen angenehmen Abend, Wes«, meinte Isabell. »Genießen Sie die Zeit so lange, bis die Realität Sie wieder einholt.«

»Den wünsche ich Ihnen auch«, erwiderte ich, wandte mich um und verließ den Raum. Auf den letzten Satz würde ich nicht eingehen.

Ich betrat die Veranda im Außenbereich, genoss den Blick auf das Meer. Kurz überlegte ich, Caden anzurufen, entschied mich aber dagegen. Er hatte mir gestern geschrieben, dass er heute mit seiner Familie nach Italien reisen würde. Es reichte, wenn ich ihm nachher eine E-Mail schrieb. Pünktlich zur Weihnachtsfeier der Firma wollte er in die Staaten kommen, um anschließend zurück zu seiner Frau und den Kindern zu fliegen. Im Büro würden wir ausreichend Zeit haben, über alles in Ruhe zu sprechen.

Eigentlich hätte ich feiern sollen, früher hätte ich das getan, und zwar lange und ausschweifend. Heute würde das nicht passieren. Den heutigen Abend würde ich mit Bailey verbringen. Die Frau, die mir meine Sinne raubte und mich etwas fühlen ließ, was ich dachte, nie wieder empfinden zu können.

Tief durchatmend drehte ich mich um und ging in das Restaurant, in dem Bailey auf mich warten wollte.

Als ich den Raum betrat, schaute ich mich um.

»Mr. Wright?« Adriano tauchte vor mir auf. »Miss Wilson wartet draußen am Steg auf Sie, Sir.«

»Danke«, meinte ich. »Könnte ich bitte einen trockenen Rotwein haben?«, bestellte ich noch und schob mich an ihm vorbei.

»Selbstverständlich, Sir.« Die Abneigung in seiner Stimme entging mir nicht. Na ja, mich musste nicht jeder ausstehen können.

Langsam schritt ich nach draußen, mein Blick auf den Steg gerichtet. Bailey saß unter einem Sonnenschirm und betrachtete das Wasser. Sie schien mit ihren Gedanken weit weg zu sein. Vereinzelte Strähnen wehten im leichten Wind umher. Was mich aber tatsächlich stocken ließ, war ihr rotes Kleid. Sie saß auf einem Stuhl, die Beine überschlagen. Der Stoff reichte ihr gerade mal bis zur Mitte ihrer gebräunten

Oberschenkel. Dazu diese verflucht sexy hohen Schuhe, dessen Bänder über ihr Schienbein glitten. Niemals zuvor hatte ich ein Mädchen, eine Frau gesehen, die so wunderschön war wie Bailey Wilson.

Sie hatte mich erbarmungslos in ihren Bann gezogen.

Trotz allem hallten Isabells Worte in meinem Kopf wider, noch mehr Bedenken fügten sich hinzu.

Was würde geschehen, wenn wir beide das hier weiterlaufen ließen? Könnten unsere Kunden diese Neuigkeit wirklich in den falschen Hals bekommen, eventuell sogar ihre Aufträge canceln? Vorstellen konnte ich mir das nicht. Das Problem dabei war, ich wusste es nicht.

Noch nie hatte es mich interessiert, was andere von mir hielten oder über mich dachten. Dummerweise ging es nicht mehr nur um mich, sondern auch um Caden und Bailey selbst. Sollte ich wirklich meine und ihre Zukunft aufs Spiel setzen, nur weil wir uns momentan zueinander hingezogen fühlten?

Zu viele Fragen, auf die ich keine Antwort hatte. Dieser Umstand nagte an mir.

»Der Abend war sehr schön«, sagte Bailey.

»Fand ich auch«, stimmte ich ihr zu.

Beim Essen hatten wir über Gott und die Welt gesprochen. Nicht ein einziges Mal über die Arbeit. Es war angenehm gewesen und ich hatte ihre Gegenwart genossen. Ja, ich hatte mich mit ihr und bei ihr wohlgefühlt.

»Erzähl mir von deinen Eltern«, bat ich sie, während wir Hand in Hand am Strand spazieren gingen.

Mit meinen freien Fingern hielt ich Baileys Sandalen, von denen ich sie vorhin befreit hatte, da es zu anstrengend war, damit durch den Sand zu laufen.

»Gut, okay, also ich bin in Iowa geboren und aufgewachsen«, fing sie an. »Dort habe ich mit meinen Eltern gelebt. Meine Mutter ist vor vielen Jahren an Krebs gestorben. Mein Vater und ich waren somit allein, aber mir hat es an nichts gefehlt. Er ist großartig und ich vermisse ihn. Wir telefonieren jeden Donnerstag stundenlang miteinander. Unser Verhältnis ist außerordentlich gut. Seit ich denken kann, ist er Bauarbeiter. Der Job ist anstrengend, aber er liebt ihn.« Bailey sah mich an und lächelte. »Was ist mit deinen Eltern?«

Tief durchatmend senkte ich meinen Kopf, betrachtete den Sand.

»Meine Eltern sind verstorben, als ich neunzehn war«, teilte ich ihr mit. Ihre Finger umschlossen meine etwas fester. »Dad war Pilot, er hatte seine eigene kleine Maschine. Mom und er sind oft damit in der Weltgeschichte herumgeflogen. Eines Tages gerieten sie in einen Sturm, Dad verlor die Kontrolle und das Flugzeug stürzte ab. Sie waren sofort tot.«

Ich vermisste die beiden täglich und ich dachte auch genauso oft an sie. Regelmäßig besuchte ich ihre Gräber, legte frische Blumen darauf.

»Das tut mir sehr leid«, äußerte Bailey ihr Bedauern, woraufhin ich nun ihre Hand etwas fester drückte, um ihr zu signalisieren, dass alles gut war. »Bist du durch deinen Dad zum Angeln gekommen?«

»Ja, er war ein Vollblut-Angler«, erzählte ich ihr. »Bereits als kleines Kind nahm er mich mit und steckte mich schnell mit seiner Leidenschaft an. Wie du weißt, gehe ich heute noch oft zum Nachtangeln. Hin und wieder brauche ich das, damit ich wieder runterfahre und neue Energie tanke.«

Bailey kannte den See, immerhin hatte ich sie mehrfach dorthin zitiert, wenn ich Unterlagen vergessen hatte. Damals kam mir das ganz normal vor, mittlerweile nicht mehr.

»Es ist schön, wenn man einen solchen Ort hat«, flüsterte sie. »Wenn ich nachdenken möchte oder neue Kraft schöpfen muss, fahre ich zu deinem Gebäude. Das hilft mir immer und immer wieder. Allein wegen des Hauses möchte ich New York niemals verlassen.«

Interessant!

»Wo wir gerade dabei sind«, fing ich an. »Wie sehen deine Pläne nach dem Studium aus? Hast du dir dahingehend schon mal Gedanken gemacht?«

»Ja, so einige.« Ihre Stimme wurde leiser.

»Willst du mir von ihnen erzählen?«, wollte ich wissen.

Es dauerte einen Moment, bis sie sprach. »Ich bin das Leben in New York mittlerweile gewohnt und ich liebe es dort. In meiner Heimatstadt habe ich keine Perspektiven. Vielleicht Atlanta oder Dallas. Jedenfalls habe ich mich dort beworben.«

Beides war verdammt weit weg.

»Und New York?«, erkundigte ich mich.

»Natürlich auch in New York«, gestand sie. »Im Moment weiß ich noch nicht, wohin genau ich möchte. Zuerst einmal will ich mein Studium abschließen. Ich hoffe, dass mich überhaupt jemand einstellt.«

»Was das betrifft, mache ich mir bei dir keine Gedanken«, sagte ich ehrlich. »Ich habe Arbeiten von dir gesehen. Du bist gut und hast das richtige Auge.«

»Das ist lieb, danke«, murmelte sie. »Wir werden einfach sehen, wo ich letztendlich landen werde.«

Aus dem Impuls heraus hätte ich ihr am liebsten gesagt, sie solle in New York bleiben, doch ich hielt mich zurück, schluckte die Worte hinunter. Ich würde einen Teufel tun und sie zum Bleiben überreden, obwohl keiner von uns wusste, wie es und ob es überhaupt mit uns weiterging. Ja, wir wollten herausfinden, was das zwischen uns war, das hieß aber auch, dass wir uns derzeit auf ganz dünnem Eis bewegten. Nichts war klar, alles stand in den Sternen, wir waren kein Paar, führten keine Beziehung. Meinetwegen durfte sie ihre Zukunft nicht wegwerfen. Das würde ich nicht zulassen.

»Wie wirst du eigentlich die kommenden Feiertage verbringen?«, hakte ich nach, womit ich auch das Thema wechselte. Mich deprimierte die Vorstellung, sie könnte aus New York verschwinden, und mit solch negativen Gedanken wollte ich den Abend nicht ruinieren.

»Da ich noch viel zu lernen habe«, erklärte sie mir, »habe ich mich entschieden, in der Verbindung zu bleiben, ich fahre nicht nach Hause. Dad ist deswegen traurig, ich natürlich auch, aber es ist nicht zu ändern. Was mich beruhigt, ist, dass er nicht allein ist, sondern bei seinen Geschwistern.«

»Magst du Weihnachten?«, stellte ich eine weitere Frage.

»Ja, sehr.« Plötzlich strahlte sie über das ganze Gesicht, was durch die Laternen deutlich zu erkennen war. Wir blieben stehen, Bailey schaute zu mir auf. »Ich liebe es, den Baum aufzustellen, ihn zu schmücken. Mein Zimmer ist ständig vollgestopft mit Weihnachtsdeko. Meine Verbindungsschwestern lachen mich immer aus. Außerdem organisiert die Verbindung eine Weihnachtsparty, auf die ich mich ebenfalls sehr freue.«

»Nicht zu vergessen die Weihnachtsfeier in der Firma«, rief ich ihr ins Gedächtnis.

»Natürlich werde ich kommen«, versprach sie und lächelte. »Auch wenn ich eigentlich Urlaub habe.«

»Urlaub?«, hakte ich nach. »Wer hat dir den denn genehmigt?«

»Du«, meinte sie sofort und verengte scherzhaft ihre Lider. »Und ich werde auf jeden Fall mindestens zwei Wochen weg sein.«

»So hatten wir nicht gewettet, Miss Wilson«, konterte ich.

Bailey löste ihre Hand aus meiner und deutete mit ihrem Zeigefinger auf mich.

»Mr. Wright, dieses Jahr hatte ich noch keinen freien Tag, weil Sie mich ständig auf Trab gehalten haben. Bald ist Weihnachten, und ich bin nur mit in die Karibik gekommen, um anschließend in den Urlaub gehen zu können. Ich brauche dringend Erholung, und zwar von Ihnen, Sir.«

»Ach, du brauchst von mir Erholung?«, hakte ich mit hochgezogener Augenbraue nach und ließ ihre Schuhe in den Sand fallen. Bailey bemerkte es und trat langsam zurück. »Jetzt schon?«

»In den letzten zwölf Monaten warst du der Teufel höchstpersönlich«, gab sie mir zu verstehen, während sie immer mehr Distanz zu mir aufbaute. Mit langsamen Schritten bewegte ich mich vorwärts.

»Du übertreibst.« So schlimm war es nun wirklich nicht.

»Ganz und gar nicht«, widersprach sie mir. »Teilweise hast du mich zur Weißglut getrieben.«

»Ist dem so?«, knurrte ich scherzhaft.

»O ja«, stimmte sie zu. »Du hast ja nicht die geringste Ahnung, was ich mir alles habe einfallen lassen, um dich loszuwerden.« Erneut lachte sie, ich liebte ihr Lachen.

»Gut zu wissen, Miss Wilson.« Wie ein Raubtier folgte ich ihr, behielt sie die ganze Zeit im Blick.

»Du bist nun mal ein Sklaventreiber.« Sie zuckte mit den Schultern, als wäre das jedem bekannt.

Mit einem Satz war ich bei ihr. Sie schrie auf, schaffte es, sich von mir zu befreien, und lief davon. Ich jagte sie. Es dauerte nur einen Moment, bis ich bei ihr war, sie herumwirbelte und über meine Schulter warf.

»Lass mich runter«, rief sie lachend.

Ich drehte mich im Kreis, ignorierte Baileys Gekreische, spürte, wie sie sich an meiner Jacke festkrallte. Anschließend ging ich zum Wasser, kickte meine Schuhe von den Füßen und lief geradewegs hinein. Stoppte jedoch, als meine Hose bis zu den Waden nass war.

»Bitte nicht, Wesley«, flehte Bailey. »Bitte tu das nicht. Ich verspreche, ich werde auch lieb sein.«

»Was bekomme ich, wenn ich dich nicht ins Meer werfe?«, wollte ich wissen.

»Alles, was du willst«, sagte sie. Gut, das war ein Deal.

Zurück am Strand ließ ich die Kleine langsam an mir heruntergleiten. Auf Augenhöhe hielt ich sie fest.

»Hey«, murmelte ich.

»Hi«, sagte sie. »Danke, dass du mich nicht reingeworfen hast. Das war nett von dir.«

»Ich kann auch nett sein«, rief ich ihr ins Gedächtnis. »Nicht immer, aber oft.«

»Ja, das kannst du«, wisperte sie gedankenverloren und fuhr mit ihren Fingern über meine Wange. »Was hat sich verändert, Wesley?«

»Alles.« Mehr sagte ich nicht.

Im nächsten Moment nahm ich ihre Lippen mit meinen in Besitz. Wir küssten uns innig, leidenschaftlich, feurig. Dabei rumorte mein Magen erneut, wie jedes Mal, wenn ich von ihr kostete.

Obwohl ich es nicht wollte, löste ich mich von ihr. Noch immer waren sich unsere Gesichter ganz nah.

»Was hältst du davon, wenn wir uns zurückziehen?«, schlug ich vor.

»Zu dir oder zu mir?«, erkundigte sie sich leise.

»Ich habe Wein«, zog ich meinen Trumpf aus dem Ärmel.

»Ich habe Chips, Weingummi und Schokolade«, zählte sie ihre Vorräte auf, was mich zum Schmunzeln brachte.

»Wie kann eine Frau mit einem solchen Wahnsinnskörper bloß so viel essen?« Das war für mich unbegreiflich. »Treibst du viel Sport?« Eine andere Erklärung gab es dafür nicht.

»Daniel fragt mich das auch immer, wenn wir uns Pizza und so einen Kram ins Büro bestellen«, erklärte sie. Sie aß im Büro Fast Food? Ernsthaft? Sie musste eine Menge Sport treiben. »Und nein, ich habe noch nie ein Fitnesscenter von innen gesehen. Sport ist Mord. So was mache ich nicht.«

»Es gibt Frauen, die dich für deine Gene umbringen würden!«

»O ja«, sagte sie und grinste frech. »Aber das schert mich nicht.«

Das glaubte ich ihr aufs Wort.

»Sollen wir uns gleich bei dir treffen?«, hakte ich nach. »Ich hole den Wein. In circa fünf Minuten bin ich bei dir.«

»Das hört sich nach einem Plan an«, murmelte sie.

Abermals beugte ich mich vor, presste meinen Mund auf ihren, berührte ihre Zunge mit meiner. Von dieser Frau bekam ich einfach nicht genug.

»Wenn wir jetzt nicht aufhören, wird das mit dem Wein und den Süßigkeiten nichts mehr«, rief ich ihr ins Gedächtnis. »Dann werde ich dich nämlich hier und sofort in Besitz nehmen, dich ausfüllen, dich zum Kommen bringen.«

Kurz schloss Bailey ihre Augen, stöhnte leise, bevor sie mich wieder ansah.

»Okay«, wisperte sie. »Treffen bei mir in fünf Minuten.«

Wir lösten uns voneinander, hielten uns nur noch an den Händen. Bailey schritt zurück, so lange, bis sich unsere Finger nicht mehr berührten.

»Bis gleich«, flüsterte sie.

»Bis gleich«, wiederholte ich ihre Worte und sah ihr hinterher, bis sie in ihrem Häuschen verschwand.

Erst dann begab ich mich zu meiner Unterkunft, öffnete die Tür und schloss sie hinter mir, bevor ich zu der kleinen Bar ging, die sich im Schlafzimmer befand.

»Hallo, Wes.« Überrascht drehte ich mich um und hielt in meinen Bewegungen inne.

Isabell Hautington stand direkt vor mir mit nichts weiter an als einem durchsichtigen kurzen weißen Kleidchen.

Verdammte Scheiße.

Kapitel 16

BAILEY

In wenigen Minuten würde er bei mir sein. Warum ich so aufgeregt war, konnte ich nicht sagen, aber innerlich flatterten die Schmetterlinge in meinem Bauch hin und her, als drehten sie nun komplett durch. Am liebsten würde ich meine Freundinnen anrufen, ins Telefon kreischen, ihnen sagen, wie glücklich ich war, tat es aber nicht. Allein die Vorstellung, wie ich hier durch die Hütte tanzte, mir dabei das Telefon ans Ohr hielt und in den Hörer kreischte, während Wesley das Wohnzimmer betrat ... Nein, der Anruf musste warten.

Im Badezimmer betrachtete ich mich noch einmal im Spiegel, richtete meine geflochtenen Haare und stellte mich ans große Fenster mit Blick auf das Meer.

Ich atmete tief ein, schloss die Augen und genoss das Gefühl des Windes, der durch mein Gesicht fegte.

Vor ein paar Tagen war ich noch komplett unzufrieden gewesen, hatte Wesley die Pest an den Hals gewünscht und dann waren wir in die Karibik gereist. Erst hier wurde mir vollends bewusst, dass ich in meinen Chef verliebt war. Niemals zuvor hätte ich gedacht, dass das in so wenigen Tagen passieren könnte.

Eigentlich war ich immer davon überzeugt gewesen, dass Liebe wachsen müsste, sie nicht von jetzt auf gleich an die Oberfläche kam. In dieser Hinsicht hatte ich mich getäuscht.

Während unseres Strand-Spazierganges hatte ich ihm mein Herz geschenkt. Zwar war das nicht geplant gewesen, doch aufhalten konnte ich es nicht. Es war einfach so passiert. Es schlug nur noch für ihn, weil ich ihn liebte.

Ob wir beide irgendwann wirklich ein Paar werden würden? Ich wusste es nicht. Im Moment machte es den Anschein, als befänden wir uns auf dem besten Wege dorthin. Und dieser Gedanke ließ mich hoffen und träumen zugleich.

Verwirrt schaute ich auf die Uhr, erkannte, dass beinahe zwanzig Minuten vergangen waren. Eigentlich wollte er nur eine Flasche Wein besorgen. Innerlich machte sich eine gewisse Unruhe in mir breit. Ob es ihm gut ging? Sollte ich nach ihm sehen? Hin- und hergerissen, was das Richtige war, entschied ich mich, zu ihm zu gehen.

Auf dem Weg zu ihm sah ich Licht in seinem Schlafzimmer. Seltsam. Ob er eingeschlafen war?

Verwirrt überbrückte ich die zwei Stufen nach oben und klopfte leise an. Weder wurde die Tür geöffnet noch bekam ich die Aufforderung, einzutreten.

Mit zittrigen Fingern drehte ich den Knauf und trat langsam ein. Gerade wollte ich nach ihm rufen, als ich eine mir durchaus bekannte Stimme vernahm.

Isabell Hautington.

Eigentlich hätte ich gehen sollen, trat aber weiter vor, stellte mich in eine Ecke und lauschte.

»Wes, ich will dich.« Dieses Miststück ließ wirklich nichts unversucht. »Das kleine Mädchen kann dir nicht das geben, was du von mir kriegen kannst. Gerade du müsstest den Unterschied zwischen unerfahren und erfahren kennen. Diese Miss Wilson ist ein Nichts im Gegensatz zu mir. Bitte, Wes, füll mich mit deinem dicken Schwanz aus. Lass mich dich reiten, bis ich dich zum Kommen gebracht habe.«

»Isabell, wir sind Geschäftspartner«, hörte ich Wesley sagen. Er sprach ruhig, nicht genervt. »Sie wissen, dass ich Prinzipien habe.«

»Nun, dann dürften Sie auch nicht mit der kleinen Studentin ins Bett«, gurrte sie. »Lassen Sie uns nicht diskutieren. Was in der Karibik passiert, bleibt in der Karibik. Niemand wird jemals davon erfahren, erst recht nicht Ihre kleine Affäre. Wes, Sie können mir doch nicht weismachen, dass Sie etwas für dieses Kind empfinden oder es gar lieben.«

»Von Liebe ist hier überhaupt keine Rede«, schoss es aus Wesleys Mund wie eine Kanone, sodass ich dabei sogar leicht zusammenzuckte. »Mir geht es nur um den Spaß, und wie Sie schon richtig sagten, was in der Karibik passiert, bleibt in der Karibik. Sie ist ein Mädchen, ich ein Mann, der keine Beziehung möchte. Die Kleine ist willig, stets für mich bereit. Außerdem brauche ich keinen Vergleich zwischen Ihnen und Bailey. Da gibt es keinen.«

Was in der Karibik passiert, bleibt auch in der Karibik, dröhnte es in meinem Schädel. Sie ist ein Mädchen, ich ein Mann, der keine Beziehung möchte. Die Kleine ist willig, stets für mich bereit. Außerdem brauche ich keinen Vergleich zwischen Ihnen und Bailey. Da gibt es keinen.

»Dann vergessen Sie das Gör und lassen Sie uns endlich Spaß haben«, forderte die Hautington.

Ich spähte um den Rahmen, Wes und Isabell standen voreinander. Tränen tropften auf meine Wange, während ich nichts weiter tun konnte, als Isabell anzustarren, die in einem weißen transparenten Kleidchen dort stand. Wesley stieß sie nicht von sich, nichts tat er, sondern schaute sie einfach nur an.

Plötzlich griff dieses Dreckstück um Wesleys Hals, zog ihn zu sich hinunter und presste ihre Lippen auf seine.

Mit einer Hand hielt ich mir den Mund zu, damit ich keinen Laut von mir gab, schritt zurück und verließ umgehend die Hütte.

Mehr musste ich nicht hören ... mehr musste ich nicht sehen.

Ich rannte zu meinem Häuschen, griff nach meinem Koffer, stopfte alles hinein, was mir gehörte. Während ich einpackte, liefen mir unweigerlich die Tränen über das Gesicht. Mein gesamter Brustkorb schmerzte, mein Kopf tat weh, eigentlich schien gerade alles an und in mir zu brechen.

Schnell schlüpfte ich in die Flipflops, schnappte mir meine Tasche sowie den Koffer, schaute mich noch einmal um, bevor ich die Unterkunft verließ und mich Richtung Restaurant aufmachte.

Insgeheim hoffte ich, Adriano zu treffen, er war der Einzige, den ich um Hilfe bitten konnte. Außer ihn kannte ich hier niemanden.

An der Rezeption blieb ich stehen, versuchte, meine Tränen zurückzudrängen, was sich als aussichtsloses Unterfangen herausstellte.

»Bailey?« Adriano.

»Ist alles in Ordnung?«, wollte er wissen.

»Nein«, antwortete ich ehrlich. »Kannst du mir helfen?«

»Natürlich«, stimmte er sofort zu. »Ich habe gerade Feierabend gemacht. Was kann ich tun?«

»Bring mich bitte zum Flughafen«, bat ich ihn. »Wenn möglich, jetzt sofort.«

»Was ist denn los?«, hakte er besorgt nach. »Warum weinst du überhaupt?«

»Bitte, Adriano«, flehte ich. »Für Erklärungen habe ich keine Zeit.«

»Gut, dann lass uns fahren«, meinte er und schnaubte.

In Windeseile griff er nach meinem Koffer und verschwand aus der Lobby. Ich folgte ihm, ohne einen Blick zurückzuwerfen.

»Was hast du jetzt vor?«, wollte Pixie wissen.

Es war Samstagabend. Am Morgen war ich in New York gelandet und hatte mich heimlich ins Verbindungshaus geschlichen.

Bis vor einer Stunde wusste niemand, dass ich wieder daheim war. Was gut war, ich benötigte nämlich ein wenig Zeit für mich, bevor ich mich meinen Mädels anvertrauen konnte.

Irgendwann musste ich dringend aufs Klo, das sich auf dem Flur befand. Dabei entdeckte Jamie mich, die wiederum Lea und Pixie alarmierte. Sofort stürmten sie mein Zimmer, legten sich zu mir ins Bett und hörten sich meine Geschichte an.

»Ich werde Montag meine Kündigung einreichen«, klärte ich meine Freundinnen auf. »Unter gar keinen Umständen werde ich weiterhin für den Mistkerl arbeiten. Mit meinem Urlaub und der Kündigungsfrist bekomme ich meine zwölf Monate voll. Sobald Mr. Turner zurück ist, werde ich ihn bitten, mir die Bescheinigung auszuhändigen, damit ich sie als Anerkennungsjahr einreichen kann. Nun, und dann hoffe ich, dass ich ganz bald eine andere Stelle bekomme. Vorzugsweise in Alaska.«

Erneut liefen mir die Tränen über die Wangen. Es war sinnlos, sie aufzuhalten, es brachte nämlich nichts, es bildeten sich ständig neue.

»Du willst nicht noch mal mit *Satan* sprechen?«, erkundigte Lea sich. »Vielleicht war das alles nur ein Missverständnis?«

»Was in der Karibik passiert, bleibt auch in der Karibik«, wiederholte ich seine brutalen Worte. »Sie ist ein Mädchen, ich ein Mann, der keine Beziehung möchte. Die Kleine ist willig, stets für mich bereit. Außerdem brauche ich keinen Vergleich zwischen Ihnen und Bailey. Da gibt es keinen. Was kann man daran falsch verstehen?«

»Ich bin trotzdem dafür, dass du mit ihm sprichst«, ließ Lea nicht locker. »Manchmal ist nicht alles so, wie es scheint.«

»Ich würde ihm in die Eier treten«, mischte sich nun Jamie ein. »Mit Wucht, er soll den Schmerz noch Monate später spüren.« Die Idee gefiel mir.

»Jetzt ist erst mal wichtig, dass du wieder auf die Beine kommst«, kam es nun ruhig von Pixie. »Dabei werden wir dir helfen. Egal, wie lange es dauert, wir schaffen das. Montag knallst du ihm erst mal die Kündigung vor den Latz. Dann sehen wir weiter. Gemeinsam bekommen wir das schon wieder hin.«

Ihre Worte in Gottes Ohr. Mein positives Denken hielt sich derzeit in Grenzen.

Mein Herz war gebrochen und ich davon überzeugt, dass es nie wieder heilen würde.

Den Sonntag verbrachte ich im Wesentlichen damit, mich von ungesundem Zeug zu ernähren oder zu heulen. Am Abend schrieb ich meine Kündigung, druckte sie aus und unterschrieb sie. Währenddessen heulte ich weiter. Gelegentlich kamen meine Mädels, um nach mir zu sehen. Sie sorgten sich um mich, in solch einer Verfassung hatten sie mich noch nie erlebt.

Normalerweise weinte ich nie, schon gar nicht wegen eines Kerls. Nun, auch für mich gab es ein erstes Mal.

Kurz bevor ich mich zum Schlafen ins Bett legte, schaltete ich mein Handy an, welches ich seit Punta Cana aushatte. Siebenundsechzig Anrufe in Abwesenheit, die Mailbox war voll und Mitteilungen hatte ich ebenfalls erhalten.

Alles ausschließlich von Wesley.

Ich hörte weder die Mailbox ab noch las ich mir die WhatsApp-Nachrichten durch. Nein, ich löschte alles, bevor ich das Handy erneut ausschaltete.

Noch mehr Schmerzen musste ich mir von ihm nicht zufügen lassen.

Am Montagmorgen schminkte ich mich sorgfältig. Heute würde ich für wenige Stunden versuchen, nicht zu heulen. Jedenfalls für die Zeit, die ich im Büro verbringen musste. Vor Wesley Wright durfte ich keine Schwäche zeigen. Niemals, nie wieder.

Gegen neun tauchte ich in der Firma auf. Wesleys Auto befand sich bereits in der Tiefgarage. Allein den Benz zu sehen, erzeugte Herzrasen bei mir.

Doch darauf nahm ich keine Rücksicht, ich hatte eine Mission.

»Er ist verdammt schlecht gelaunt«, setzte Daniel mich leise in Kenntnis, ohne mich zu begrüßen. »Ich soll dir sagen, du möchtest direkt in sein Büro kommen, sobald du eintriffst.«

»Kein Problem«, meinte ich, gab meinem Noch-Kollegen einen Kuss auf die Wange, straffte die Schultern und begab mich in die Höhle des Löwen.

»Ach, sieh mal einer an, wer sich bequemt, hier aufzutauchen«, kam es auch schon provokant von meinem baldigen Ex-Chef.

»Ich bin nur hier, um dir meine Kündigung persönlich zu übergeben«, teilte ich ihm mit, ohne auf seine Äußerung einzugehen.

Mit zittrigen Fingern legte ich ihm den Umschlag auf den Tisch.

Wie von der Tarantel gestochen stand er von seinem Sessel auf, ignorierte das Kuvert, welches ich ihm gerade vorgelegt hatte, und marschierte geradewegs zur Tür.

Keine seiner Bewegungen entging mir.

»Du verschwindest wortlos von einer Geschäftsreise ...«, herrschte er mich an und schlug die Tür mit Wucht zu, woraufhin ich zusammenzuckte, »... und kündigst, ohne auch nur eine Erklärung für dein Verhalten abzuliefern?«

»Die Erklärung steht in meiner Kündigung«, setzte ich ihn ruhig in Kenntnis. »Ich werde das Unternehmen aus persönlichen Gründen verlassen. Mir stehen noch insgesamt vier Wochen Urlaub zu, da ich dieses Jahr keinen bewilligt bekommen habe. Laut Vertrag besteht eine Kündigungsfrist von acht Wochen. Die restliche Zeit möchte ich wieder zurück in die Abteilung für Innenarchitektur, für die ich ursprünglich eingestellt worden bin. Natürlich werde ich deine neue Assistentin einarbeiten und sie unterstützen, sollte sie Fragen haben.«

»Wie großzügig von dir«, schnauzte er mich an. »Ich will wissen, warum du einfach abgehauen bist. Unzählige Male habe ich versucht, dich anzurufen, habe auf deine Mailbox gesprochen und Mitteilungen geschickt. Auf nichts hast du reagiert, nicht eine gelesen. Was war das für dich in Punta Cana? Einfach nur ein Abenteuer?«

Wovon sprach er?

»Ja, natürlich«, sagte ich sarkastisch. »Hör auf, Wesley. Ich bin in diesen Spielen nicht sonderlich geübt, darin bist du eher der Meister. Unsere Wege trennen sich hier. Es gibt nichts weiter zu bereden. Was in der Karibik passiert ist, bleibt auch in der Karibik. Mehr ist dazu nicht zu sagen. Leb wohl.«

Durch verengte Augen starrte Wesley mich an. Derweil machte ich mich auf den Weg zur Tür, öffnete diese und schloss sie hinter mir. Allerdings leise.

»Alles in Ordnung?« Daniel musterte mich besorgt.

»Ja«, log ich. »Wir reden die Tage, Daniel. Ich muss hier raus, sonst drehe ich durch. Sei mir nicht böse, ich melde mich bei dir. Für die nächsten Wochen bin ich erst einmal im Urlaub.«

Auf seine Erwiderung wartete ich nicht, sondern stieg in den Aufzug und fuhr in die Tiefgarage.

Erst als ich im Auto saß, verlor ich die Fassung und fing bitterlich an zu weinen.

Es war vorbei.

Ab sofort würden Wes und ich getrennte Wege gehen. Es gab kein Zurück.

Wesley Wright hatte mir das Herz gebrochen. Nie wieder, davon war ich überzeugt, würde meine Seele heilen. Sie würde für immer in Trümmern liegen.

Kapitel 17

WESLEY

»Dafür, dass die Weihnachtsfeier dein Highlight des Jahres ist«, sagte Caden, »siehst du heute ziemlich trübselig aus. Mit deiner miesen Laune ziehst du aber wirklich jeden runter. Willst du mir nicht mal sagen, was los ist?«

»Nichts«, gab ich meine genervte Standardantwort.

»Hör auf, so einen Bullshit zu reden«, schnauzte mein Freund mich an, bevor er sich auf den freien Stuhl vor meinem Schreibtisch setzte.

Die Weihnachtsfeier war in vollem Gange. Vor meiner Tür herrschte das reinste Chaos.

Laute Musik, lachende Menschen. Beides ertrug ich momentan nicht.

»Seit du aus der Karibik zurück bist, ruft Daniel mich ständig an, weil du schon wieder irgendeinen Mitarbeiter oder eine Mitarbeiterin zusammengestaucht hast«, fuhr Caden fort. »Das passt nicht zu dir, Alter. Des Weiteren wurde ich darüber in Kenntnis gesetzt, dass Bailey ihre Kündigung eingereicht hat. Was ist in Punta Cana passiert?«

»Gar nichts«, herrschte ich ihn an und erhob mich. Mit verschränkten Armen stellte ich mich vor das Fenster.

»Du hast mit ihr geschlafen, richtig?« Ich hasste es wirklich manchmal, dass er mich so gut kannte.

»Ja«, gab ich endlich zu.

»Erzähl es mir«, forderte er mich auf.

Was sollte es, ich musste mein Schweigen brechen. Nichts ließ ich aus. Das Reden befreite mich ein wenig, dennoch fühlte ich mich immer noch scheiße.

»Womöglich hat sie die Unterredung mit der Hautington mitbekommen«, überlegte er laut.

»Davon gehe ich aus.« *Was in der Karibik geschah, würde in der Karibik bleiben.* Wieso sonst hätte Bailey diesen Satz zitieren sollen?

»Du musst es ihr erklären«, sagte Caden.

»Sie hört mir nicht zu«, gab ich ihm zu verstehen. »Sie will mit mir nichts mehr zu tun haben.«

»Du hast Gefühle für sie, richtig?« Das war keine Frage, eher eine Feststellung. So gerne ich den Satz dementieren wollte, ich tat es nicht. Es wäre gelogen. »Alter, geh zu ihr und zwinge sie dazu, dir zuzuhören. Wo ist mein Freund hin? Der Kämpfer, den ich kenne?«

»Vielleicht ist es besser, wenn ich sie in Ruhe lasse«, gestand ich. »Es gibt viele Faktoren, die gegen einen gemeinsamen Weg sprechen. Sie ist Studentin, unsere Praktikantin. Macht das die Runde, wäre es möglich, dass wir Kunden verlieren, Neukunden sich sogar von uns distanzieren.«

»Hör auf, Ausreden zu suchen«, unterbrach Caden mich. »Miss Wilson bedeutet dir etwas. Seit Josephine habe ich dich nicht mehr so gesehen. Wir können uns nicht aussuchen, in wen wir uns verlieben. Auf Kunden, die damit ein Problem haben, können wir verzichten. Es wird andere geben. Und, Alter, was andere denken, hat uns noch nie interessiert.«

»Du hättest kein Problem damit?«, hakte ich nach.

»Bruder, ich würde mich für dich freuen«, gestand er. »Es wurde Zeit, dass du jemanden triffst, der dir unter die Haut geht. Deine Ex ist eine Schlampe gewesen. So sind nicht alle.«

»Keine Ahnung, was ich ihr sagen soll.« Ich seufzte.

»Die Wahrheit«, gab mein Freund mir zu verstehen. »Sie muss wissen, warum du das zu der Hautington gesagt hast, vor allem sollte sie dringend erfahren, was du für sie empfindest. Lass sie entscheiden, wie es weitergeht. Die Kleine ist verletzt, was absolut nachvollziehbar ist. Sprich mit ihr.«

Einfacher gesagt als getan. Wobei? Caden hatte womöglich recht: Es wurde Zeit zu handeln. Ich war einfach nicht bereit, sie zu verlieren, ohne einen letzten Versuch zu starten.

»Lass uns zu unseren Mitarbeitern gehen«, schlug ich vor. »Sie haben es in den letzten Tagen nicht einfach gehabt. Bedanken wir uns bei ihnen. Du hältst die Rede.«

»Wieso ich?«, erkundigte Caden sich und erhob sich.

»Weil ich letztes Jahr dran war«, rief ich ihm ins Gedächtnis.

»Arschloch«, schimpfte er.

»Penner«, konterte ich.

Nachdem Caden seine Ansprache gehalten hatte, nahm ich mir ein Glas Punsch und schaute mich um. Unsere Mitarbeiter feierten ausgelassen, sie strahlten regelrecht.

»Mr. Wright«, begrüßte Daniel mich und rührte mit dem Strohhalm in seinem Getränk herum.

»Daniel«, erwiderte ich knapp.

»Bailey wird heute nicht kommen«, setzte er mich in Kenntnis. »Aber das wussten Sie sicherlich.«

»Ich bin davon ausgegangen«, antwortete ich knapp.

»Echt schade, immerhin war die Deko ihre Idee«, teilte er mir mit. »Gerade sie hätte es verdient, sich die Umsetzung ihrer Arbeit anzusehen. Finden Sie nicht auch?«

»Durchaus richtig.« Mich nervte die Unterredung, dennoch versuchte ich professionell zu bleiben.

»Zwar habe ich in den letzten Tagen versucht, Bailey zu überreden, herzukommen«, meinte er, »leider funktionierte es nicht. Offensichtlich. Vielleicht schaffen Sie es, sie zu überreden?«

»Ich denke nicht«, erwiderte ich. »Wenn Sie bei Ihnen ablehnt, dann ganz sicher auch bei mir.«

»Nun, auf einen Versuch käme es an, meinen Sie nicht?« Daniel ließ nicht locker.

»Dazu müsste ich erst einmal wissen, wo sie ist«, entgegnete ich. »Außerdem kann ich hier nicht weg.«

»Oh, kein Problem, sie ist am Rockefeller Center«, sagte er und schaute auf seine Uhr. »Gerade jetzt in diesem Moment. Das ist ja nicht weit. Mr. Turner ist hier, er wird Sie würdig vertreten. Wer weiß, eventuell kommen Sie mit Bailey wieder zurück.«

Er zuckte mit den Schultern, als hätten wir gerade eine ganz normale Unterhaltung geführt, wandte sich um und wollte gehen.

»Danke.« Er hatte es für Bailey getan, vielleicht auch für mich. Seine Beweggründe spielten keine Rolle, er half mir.

»Keine Ahnung, wovon Sie sprechen, Sir.«

Caden schaute zu mir, ich nickte. Mehr musste ich nicht tun, er verstand mich auch so.

Mit dem Fahrstuhl fuhr ich ins Erdgeschoss. Den Wagen benötigte ich nicht, zu Fuß brauchte ich fünf Minuten.

Im Gehen streifte ich mir meinen Mantel über, wurde immer schneller, joggte beinahe.

Als ich am Rockefeller Center ankam, dauerte es nicht lange, bis ich sie entdeckte. Bailey saß mit ihrer dicken Jacke auf der Bank gegenüber vom Weihnachtsbaum.

Direkt neben ihr ließ ich mich nieder. Sofort ballten sich ihre kleinen Hände zu Fäusten. Ich löste meinen Blick und betrachtete den Baum.

»Vor neun Jahren führte ich meine erste Beziehung«, fing ich an. »Josephine, ich habe sie sehr geliebt. Ich war sogar davon überzeugt, dass wir eines Tages heiraten würden. Doch so weit ist es nicht gekommen. Zum Glück. Kurz bevor ich mich mit Caden selbstständig gemacht habe, erfuhr ich, dass sie mich die gesamte Zeit über mit verschiedenen Typen betrogen hatte. Umgehend trennte ich mich von ihr. Es dauerte lange, bis ich mich davon erholt habe.«

»Das tut mir leid«, wisperte Bailey. »Warum erzählst du mir das?«

»Weil ich will, dass du mich verstehst«, erklärte ich. »Nach Josephine traf ich die Entscheidung, mich nur noch auf One-Night-Stands einzulassen. Ich stieß jeden von mir, der mir zu nahekam.« Kurz atmete ich durch. »Und dann, eines Tages, bist du aufgetaucht. Während des letzten Jahres bist du mir nicht sonderlich aufgefallen, ich habe mich nie für meine Mitarbeiter interessiert. Doch dann haben wir uns geküsst und ich war dir verfallen. Das hat mir eine Scheißangst eingejagt, das kannst du mir glauben. Niemals zuvor habe ich etwas mit Kundinnen oder Angestellten angefangen, das waren meine obersten Regeln.« Bailey betrachtete mich mit hochgezogener Augenbraue. »Schau mich nicht so an, das ist die Wahrheit. Ich kenne die Gerüchte in der Firma, aber ich habe meine Regel niemals gebrochen. Erst bei dir.«

Bailey verlor die erste Träne. Gerne hätte ich sie ihr weggestrichen, traute mich aber nicht, sie zu berühren.

»Ich habe euch gehört«, flüsterte Bailey. Wieder schaute sie zu dem Baum. »Dich und die Hautington.«

»Du hast nur gehört, was du hören wolltest, Bailey«, klärte ich sie auf. »Sie wollte meine Aufmerksamkeit, schon die gesamte Zeit über. Wenige Stunden zuvor hatte ich einen Millionen-Dollar-Vertrag unterzeichnet. Sie hat mich in einer Tour provoziert. Um ehrlich zu sein, habe ich all das gesagt, weil ich erstens: Isabell nicht vor den Kopf stoßen und zweitens: den Deal nicht gefährden wollte. Das war reine Taktik. Wärst du geblieben, hätte ich dir von der Unterredung mit Isabell erzählt. Das hätte ich dir nicht verheimlicht.«

»Es tat so unglaublich weh«, schluchzte sie. Weitere Tränen rannen ihr über die Wangen. Ihre Augen waren auf mich gerichtet. Bei ihrem traurigen Blick musste ich mehrere Male schlucken. »Ich komme damit einfach nicht klar. In Punta Cana dachte ich, wir seien uns nähergekommen, dass du mich siehst und es wirklich ernst meinst. Isabell versuchte mir einzureden, ihr hättet an dem Tag der Besichtigung etwas miteinander gehabt. Ständig redete ich mir ein, dass sie mich nur anlog, mich aus dem Weg räumen wollte. Doch dann hörte ich deine schrecklichen Worte, und alles, was sie vorher gesagt hatte, ergab für mich einen Sinn.«

»Bailey.« Ich wandte mich ihr zu, nahm ihr Gesicht zwischen meine Hände. »Ich hatte nie etwas mit Isabell und da wird auch niemals etwas passieren. Hast du mir denn nicht zugehört? Von der ersten Sekunde an, seit wir uns geküsst haben, bin ich dir verfallen. Glaub mir, ich habe versucht, mich von dir fernzuhalten, bin aber hoffnungslos gescheitert. Die letzten Tage ging es mir beschissen, ich wollte so oft mit dir reden. Und auch wenn mich das zum größten Egoisten macht, den du kennst, aber ich kann den Gedanken nicht ertragen, dass du New York verlässt. Ohne dich bin ich nicht vollständig, Baby. Du hast mich verdorben für andere.«

»Was willst du mir damit sagen?«, hakte sie leise nach.

»Bailey, schlägt dein Herz für mich?«, wollte ich geradeheraus wissen. Jetzt oder nie.

»Ja«, hauchte sie, verlor dabei weitere Tränen, die ich mit meinen Daumen auffing. »Es hätte nicht passieren dürfen, aber ich habe mich in dich verliebt. Es tut mir leid, ich wollte das ...«

Schnell presste ich meine Lippen auf ihre, womit ich sie unterbrach. Sie liebte mich, mehr war nicht wichtig, mehr interessierte mich nicht.

In diesem Moment öffnete sich mein Herz und ich ließ diese wunderbare Frau herein. Meine Seele, mein ganzes Sein gehörte ihr. Sie konnte alles haben.

»Ich liebe dich«, sagte ich, nachdem ich meine Stirn gegen ihre lehnte. »Ich liebe dich über alles, und ich bin nicht mehr bereit, ohne dich zu sein. Sag mir, dass ich nicht alles kaputt gemacht habe. Sag mir, dass du mir noch eine Chance gibst.«

Es dauerte Sekunden, mir kamen sie vor wie Stunden, bis Bailey mit ihren Fingern über meine Wangen fuhr, mich zwang, sie anzusehen. Nach wie vor weinte sie, aber sie sah nicht mehr traurig aus, eher glücklich.

»Ich schenke dir mein Herz, Wesley Wright«, teilte sie mir mit. »Geh vorsichtig damit um. Einen weiteren Schlag verkraftet es womöglich nicht.«

Abermals küsste ich sie. Wärme breitete sich in mir aus. Sie durchflutete mich, füllte die Leere in mir aus.

Viel zu schnell lösten wir uns voneinander, auch ihre restlichen Tränen entfernte ich von ihrer Haut, tupfte ihr noch einen letzten Kuss auf den Mund, bevor ich sie eingehend betrachtete.

»Es gibt Kollegen, die dich gerne sehen möchten«, setzte ich sie in Kenntnis. »Ganz vorne mit dabei: Daniel. Hättest du Lust auf Punsch, Tanz und Weihnachtsdeko?«

»Sehr gerne, Mr. Wright.« Erneut lächelte sie mich an.

»Dann lass uns gehen«, schlug ich vor, erhob mich und zog Bailey mit mir.

Hand in Hand schlenderten wir zurück ins Büro. Auf der entsprechenden Etage angekommen, dröhnte die Musik lautstark.

Einige Kollegen entdeckten Bailey, nahmen sie zur Begrüßung in den Arm. Sogar Caden drückte ihr einen Kuss auf die Wange.

Daniel versorgte uns mit Getränken, stieß seinen Becher gegen meinen und zwinkerte mir zu. Dankbar erwiderte ich die Geste.

»Mr. Wright, Sie stehen unter dem Mistelzweig.« Carina, unsere Postmitarbeiterin, kicherte, während ich nach oben schaute. Sie hatte recht.

Ich sah mich um, die Belegschaft betrachtete uns hoffnungsvoll.

Langsam drehte ich mich zu meinem Mädchen, deren Wangen sich mit einem zarten Rosa überzogen.

»Miss Wilson«, sprach ich sie leise an.

»Mr. Wright«, erwiderte sie.

»Ich werde Sie jetzt küssen«, teilte ich ihr mit.

»Tun Sie sich keinen Zwang an, Sir«, konterte sie.

Langsam beugte ich mich zu ihr hinunter, umschloss ihr schönes Gesicht mit meinen Händen und legte sachte meine Lippen auf ihre. Bailey entfuhr ein kleiner Seufzer, welchen ich schluckte. In der nächsten Sekunde ergaben wir uns einem leidenschaftlichen Kuss.

Um uns herum wurde lautstark geklatscht und gegrölt. Bailey und ich lösten uns voneinander und lachten.

»Ich liebe dich«, murmelte sie.

»Und ich liebe dich, Baby«, sagte ich und küsste sie abermals.

Es war unvorstellbar. Vor nicht allzu langer Zeit wollte ich nichts weiter, als eine Frau flachzulegen und mein Singleleben in vollem Umfang zu genießen. Niemals hätte ich gedacht, einem Menschen wie Bailey Wilson zu begegnen. Sie hatte mich verändert, hatte mein Herz geweckt, es sich gekrallt und nicht mehr losgelassen.

Es gehörte ihr, würde es immer.

Bailey war mein Mädchen, die Frau an meiner Seite, und ich dankte dem Universum, dass es mir dieses wunderschöne Geschöpf geschickt hatte. Nie wieder würde ich sie gehen lassen. Sie gehörte mir, genauso wie ich ihr.

Ende

des ersten Bandes der »Single Bells«-Reihe.
Falls du dich auch für die Geschichten von
Pixie, Jamie und Lea interessierst, hier
die Infos:

„Single Bells: Ein Sportler zum Verlieben“
von Aurelia Velten erscheint am 08.12.2019

„Single Bells: Ein Nerd zum Verlieben“
von Rose Bloom erscheint am 15.12.2019

„Single Bells: Ein Professor zum Verlieben“
von Allie Kinsley erscheint am 22.12.2019

Danksagung

In erster Linie möchte ich mich dieses Mal vor allem bei meinen wunderbaren Kolleginnen Aurelia Velten, Rose Bloom und Allie Kinsley bedanken. Als wir vier uns entschlossen haben, diese Reihe zu schreiben, habe ich mich über die Maße gefreut. Vier Autorinnen, vier unterschiedliche Geschmäcker ... unterschiedliche Stile ... unterschiedliche Denkweisen. Doch obwohl wir sehr verschieden sind, haben wir bei der Vorbereitung zu dieser Reihe unglaublich viel Spaß gehabt. Teilweise wurden kleine Romane in unserer WhatsApp-Gruppe verfasst, manches Mal habe ich Tränen gelacht. Es war einfach ein Fest für mich.

Mädels, mit euch würde ich so etwas jederzeit wiederholen. Darauf gebe ich euch mein Wort.

Die Geschichte um Wesley und Bailey hat mich von Beginn an, nicht losgelassen. In wenigen Tagen hatte ich sie geschrieben, weil sie einfach getippt, raus aus meinem Kopf musste. Ich liebe die beiden und trenne mich nur ungern von ihnen.

Vielen Dank an meine Lektorin, die mich schon seit einigen Jahren begleitet. Anne, ich liebe die Arbeit mit dir. Anschließend auch ein Riesendanke an die Korrektorin: Sybille, du bist ’ne Wucht. Es tut gut, mit jemanden wie dir zusammenzuarbeiten.

Letztendlich gilt mein größter Dank aber meinen Lesern. Ihr seid so wunderbar und ich kann euch gar nicht genug dafür danken, dass ihr mir immer zur Seite steht, mich begleitet und mir so unglaubliches Feedback gebt. Ihr seid die Besten, daran wird sich niemals etwas ändern.

Fühlt euch gedrückt, denkt immer daran: Ich liebe euch. Habt einen schönen ersten Advent!

Eure Kimmy

Printed in Poland
by Amazon Fulfillment
Poland Sp. z o.o., Wrocław

53051252R00143